KB136181

창, 나의 만다라

수우당 수필선 002

창, 나의 만다라

강천 수필집

수우당

작가의 말

멈추어 섰다. 한 송이 들꽃을 보기 위해 불원천리하던 발걸음에 의문이 생긴 까닭이다. 탐사의 의미에 대한 성찰이 필요한 시간이었다. 그래서 여기 이 창 앞에서 멈추어 섰다. 여태 입에 달고 살았던 '생태'라는 단어가 지극히 개인적인 범위였고 편견이었음을 새삼 깨달아 가는 중이다.

가로 사십오, 세로 백삼십 센티미터. 반쪽짜리 창 앞에 서서 자연을, 사람을, 삶을 다시 헤아려 본다. 그 너머 노을이 깊어 오는 하늘까지도.

이천이십일년 나뭇잎 푸른 날

[목 차]

2부. 자미화 피는 날

3부. 네놈이 나이테를 알겠느냐

4부. 빗살, 그리고 빛살

1부

연두의 시간

1
연두의 시간

매화 한 송이 피었으면 좋겠다

오늘같이 구슬픈 비 내리는 날, 창밖에 매화 한 송이 피었으면 좋겠다. 헐벗은 잔가지처럼 휘청휘청 내 심사 흔들리는 이런 날, 하얀 매화 한 송이 만날 수 있었으면 더없이 좋겠다. 얽히고설킨 등나무 줄기처럼 마음 어지러운 날, 암향 한 오라기 머물렀으면 좋겠다.

입춘이면 핀다는 춘당매 한 떨기 곁에 있었으면 좋겠다. 긴 긴 겨울의 꼬리를 자르며 보드레한 꽃잎 하나는 언제쯤 찾아올까. 차 한 잔을 들고 창가에 기대어 살금살금 다가오는 새봄을 맞을 수 있으면 좋으련만. 기미도 없는 봄이 무작정 그리워지는 날. 서리 뒤집어쓴 개망초 겨울 잎처럼 마음 시린 이런 날. 따뜻한 봄바람

전해주는 춘당매 한 떨기 곁에 있었으면 좋겠다.

이리 구불 저리 구불 등허리 꼬부라진 와룡매 한 송아리 볼 수 있었으면 좋겠다. 굽이굽이 예순 고개 넘어나 와보니 '만사가 다 그렇고 그런 것이더라'고 조곤조곤 다독여주는 속삭임이 그립다. 앞만 보고 왔다가 문득 돌아보니 모든 게 흐릿한 안개 속. 그 미로 안에서 잘나고 못나고, 웃고 울며 제멋에 겨웠다. 인생사 가는 길이 거기서 거기지. 넘어지지 않고 가고픈 대로 갈 수 있으면 그 또한 나쁘지 않으리니. 걸어온 여정만큼 줄기 휘어졌을지언정, 그 가지 곧게 치솟은 와룡매 한 송아리 보았으면 좋겠다.

조롱조롱 영롱한 빗방울에 산천재 남명매 한 송이 비쳐들었으면 좋겠다. 선비의 기상은 '겨울이 추울수록 더욱 향기롭다' 했던가. 야원에서 머금은 불굴의 정신, 봄마다 두고 보며 다잡았을 의기 아니었던가. 천왕봉처럼 높이 솟은 선인의 길을 다 알지는 못하지만 붓끝으로 피어났을 그 매화, 내 가슴에도 그릴 수 있으려나. 설중매 바라보며 초심을 가다듬듯, 남명매 자잘한 꽃잎 봄비 맺힌 물방울 속으로 비쳐들었으면 좋겠다.

달 없는 밤 앞길 비춰줄 통도사 지장매 같은, 초롱 하나 걸었으면 좋겠다. 어차피 인생사야 캄캄한 밤길을 걷는 나그네 신세. 이쪽이 바를까, 저 길이 순탄할까, 이리 가면 쉬이 갈까, 고비마다 망설이는 미혹의 길. 부귀를 바란 것도 아니고 공명을 바란 것도 아니건만 고해의 파도는 끝없이 밀려온다. 내 마음 갈 곳 잃어 정처 없는 이런 날, 아스라한 해인의 불빛 같은 지장매 한 송이 볼그레 빛났으면 좋겠다.

고요한 산사의 청랑한 풍경 소리처럼 선암사 선암매, 그윽한 향기 온 창가에 퍼졌으면 좋겠다. 뎅그랑 뎅그랑 빠르지도 느리지도, 바쁘지도 게으르지도 않게, 오로지 제 뜻대로 숨결 가다듬을 수 있으면 좋으련만. 가만히 눈 감고 절간 처마 밑에서 이는 바람 맞으며 세상사의 근심일랑 잊어보면 어떨까. 무한한 초월, 바라는 게 없으니 버릴 것 또한 없을 테지. 육백 년을 살았으니 무상함도 알 터인데, 봄마다 피는 꽃은 또 무슨 심사일까. 득도한 고승의 미소처럼 웃는 듯 마는 듯, 선암매가 읊어주는 해탈의 오도송 그 청량한 소리 한 번 들었으면 좋겠다.

붉다가 붉다가 검어진 흑매처럼 애간장 녹아내리는 기다림 하나 있었으면 좋겠다. 덧없다 여겨 마음 깊숙이 쟁여 두었던 끄나풀 주르르 풀리는 이런 날, 활짝 웃던 그 미소 다시 보았으면 좋겠다. 홍매같이 화사한 연분홍 연서는 보낼 곳도 없는데, 춘심은 간들간들 잿불 같은 심사를 헤집어 놓는다. 귀밑머리 희끗해도 여전히 그리운 열아홉 첫사랑 춘자. 새빨간 볼우물로 앙다문 철심을 녹여내는 중년의 갈망 같은 흑매 한 송이, 뜰 앞에서 날 부르고 있었으면 좋겠다.

어디에도 없고 어느 곳에나 있는 백매는 마음속에 피었다. 길상암 어디냐고 비구에게 물었더니, 가리키는 손끝이 모호하다. 저기인가, 거기인가 돌아드는 숲길 끝에 있기나 한 것인가. 전설 속의 매화인가, 꿈에 만난 인연인가. 산중에 번지가 어디 있으랴. 중생의 미몽처럼 그 절집은 찾을 길 없다. 예라고 다르고 지금인들 다를까. 안다고 다 가진 것도 아니고 모른다고 다 잃은 것도 아닐지니. 언제나 소망하는 나만의 세상, 길상암 흰 매화 꿈에라도 보고 싶다.

과거는 현재의 거울. 생사가 둘이 아님을 보여주는 남사마을의 원정매도 피어나겠지. '아무리 발버둥 쳐도 영원한 것은 없다' 더니 죽은 둥치에서 다시 돋은 새 줄기가 그 말을 대신한다. 제 육신은 썩었으되 새 생명을 내었으니 이 또한 나쁘지는 않으리. 과거를 바라보며 현재를 깨우쳐가는 인연, 오늘은 살아도 내일은 죽으리라. 만사는 돌고 도는 것이라고 몸으로 보여주는 고택의 원정매처럼 내 뿌리에서도 희망의 싹 하나 돋았으면 좋겠다.

듬성한 돌담 아래에 흐드러지던 그 매화는 아직도 피고 질까. 동무들 웃음소리 티 없이 날아오르던 고샅 모퉁이에서 여전히 얼굴 붉히고 있으려나. 이름 하나 얻지 못한 얼치기 꽃이지만 그에게는 삶이었고 나에게는 내일이었다. 어젯밤 꿈속에 아주 간 친구 보이더니 그 벗님네 울안에서 벙글던 꽃망울이 비를 타고 찾아온다. 옛 동무들이 그리워지는 오늘 같은 날, 특별하지도 잘나지도 않았던 우물가의 푸른 매화 새삼 그립다.

이 비 그칠 즈음, 봄을 든 매화 한 송이 발그레한 미소 머금고 창가에 서있으면 더더욱 좋으련만.

1

연두의 시간

단골손님

손님이 왔다. 조용히 왔다가 얌전하게 머물다 가는 멋쟁이 손님이 오늘도 어김없이 내 식당을 찾아왔다.

여름철 소나기 내리듯 우르르 패거리로 몰려다니는 붉은머리오목눈이 따위가 아니다. 잠시라도 가만히 있지 못하고 정신 사나운 아이처럼 연신 꼬리를 경망스럽게 흔들어대는 딱새와도 비교할 바 아니다. 자리를 독차지하고 앉아서 다른 손님들이 얼씬조차 못 하게 쫓아버리는 날건달 직박구리는 더더욱 아니다. 들어올 듯, 들어올 듯 언저리에서 애간장만 태우다 사라지는 참새처럼 얄밉지도 않다. 언제나 부부가 나란히 와서는 다른 새들이 자리를 비켜줄 때까지 기다렸다가 조심스레 들어서는 정중한 손님이다. 내가 눈이 빠지게 기다리는 손님이고 제일 반기는 고객인 동박새가 왔다.

그들은 단아하고 멋스럽다. 화려한 건 아니지만 산뜻한 차림이다. 초록색 윗도리에다 날개 끝과 꼬리에는 까만 끝동을 달아 멋을 부렸다. 너무 연하지도 진하지도 않은 회백의 하의 차림도 무척이나 품위 있어 보인다. 체구와 비교해 약간 긴 부리는 날카롭게 뻗어 있어 쉬이 곁을 허락하지 않을 듯 고상하다. 무어니 무어니 해도 성품을 알아보려면 눈을 보아야 한다고 하지 않았던가. 동그란 모양의 은색 안경테는 이 손님의 가장 큰 특징이자 매력이다. 너머로 반짝이는 새까만 눈동자는 호수를 바라보는 듯 맑고 깊숙하다.

부부는 금슬이 아주 좋아 보인다. 홀로 와서 훌쩍 식사만 하고 떠나는 다른 새들과는 달리 늘 두 마리가 붙어 다닌다. 한 쪽이 식사를 시작하면 가만히 곁을 지키다가 잠시 비켜주면 그때에야 다가온다. 완전히 배를 불리는 법 없이 겨끔내기로 오간다. 겸상을 하는 경우도 종종 있다. 식사가 끝나면 둘이 나란히 앉아 여유를 즐길 줄도 안다. 이럴 때는 나도 슬며시 눈길을 돌린다. 너무 빤히 쳐다보면 손님이 부끄러워할 수도 있지 않겠는가.

한적해 보이지만, 그래도 이 식당에는 각양각색, 여러 부류의 손님이 찾아온다. 그 많은 방문객 중에서도 동박새는 가장 작고 여린 편이다. 선객이 있으면 저만큼에서 줄을 서는 것은 기본이고 밥을 먹다가도 새로운 손이 들어서면 선뜻 자리를 양보한다. 땅콩

반 홉 정도나 들어갈까 말까한 작은 식당이다 보니 합석하기가 쉽지 않은 점이 미안할 뿐이다. 그러니 힘 좀 쓰는 놈이 먼저 자리를 차지한다. 그에 대해서는 주인인 나도 뭐라 할 수 없는 상황이라 두고 보지만 안타까운 건 어쩔 수 없다. 기다리다, 기다리다 그냥 발길을 돌리는 손님도 허다히 있으니.

그러고 보니 동박새는 자기의 처지를 잘 알아 처세에 능한 듯도 하다. '시세를 아는 자가 준걸'이라 하지 않았던가. 덩치로만 호걸이 된다는 법은 어디에도 없다. 상황에 맞추어 물러설 때를 알고 나서야 할 시기가 되면 이를 놓치지 않는다. 흑백이 뚜렷한 박새는 제 배고플 양이면, 노려보는 주인장의 눈길조차 두려워 않고 달려들었다가 미운털이 박혔다. 진갈색 겨울 코트에 새까만 모자를 쓴 곤줄박이는 주변을 경계하는 것도 잊은 채 먹이를 가로챈다. 그러다 하루는 이 세계의 주먹왕 직박구리가 곁에 있다는 사실을 무시하고 달려들었다가 깃털이 빠지는 보복을 당하기도 했다. 이 모두 현실을 망각하고 눈앞의 이익에 급급해 만용을 부렸던 결과였다.

행복이 어디 멀리 있었던가. 사마귀가 제아무리 발을 쳐들고 위협해봐야 수레바퀴 앞에서는 위험만 자초할 뿐이다. 화조도에서 안安과 동음인 메추리는 성질이 온순하고 짝과 함께 해로하며 어디에서든 편안하게 적응한다하여 안빈낙도를 상징하는 새로 여긴다. 내가 좋아하는 손님 역시 그에 못지않다. 가만히 숨죽일 줄 알고, 함께 나눌 줄도 안다. 먼저 나서는 법이 없고 용모가 언제나 가지런하다. 늘 배우자를 배려하며 이웃과 다투지 않으니 어디에서든 환영받는다. 남을 인정해 주고 자신을 낮출 줄 아는, 이런 고절한 삶을 살아가는 내 고객에게 누가 약하고 가엽다며 놀릴 수 있겠는가. 비록 작은 몸집일지라도 그 흉금이 하해처럼 넓은데.

현실을 인정하고 자족한다는 것이 어디 그리 말만큼이나 쉬운 일이었던가. 그런 손님을 단골로 두고 있는 나 역시도 덩달아 즐겁다.

1

연두의 시간

나는 누구일까

핏덩이 같은 물 한 모금을 마신다. 나무의 생살을 후벼 파고서 뽑아낸 물맛이 비릿하기는커녕 오히려 달달하다. 내 속에 감추어져 있던 위선이, 종잇장 같이 얇은 양심을 사정없이 찢어 버리고 내밀어 주는 달콤함이다.

친구가 고로쇠 물 한 병을 사무실에 놓고 갔다. 엊그제가 입춘이었으니 수액을 받을 시기가 되었나 보다. 명색이 생태 공부를 한다는 사람이 이런 것에 눈독을 들여서야 되겠는가만, 주는 성의를 핑계로 못이기는 척 받아놓았다. 그래도 조금의 거리낌은 남아 있는지 아무도 없는 틈을 타서 슬그머니 한 모금을 들이킨다. '몸에 좋다' 라고 덧붙여 주고 간 말을 명의의 처방전이라도 되는 것처럼 몇 번이고 되뇌어 가면서.

내가 들이킨 수액이 가지는 의미를 생각해 본다. 지금 식도를 타고 넘어간 물 한 모금은 나무의 처지에서 보자면 피와도 같은 것이다. 그것도 모진 겨울을 견디고 이제 막 한 해를 시작하는 가장 중요한 시기에 강제로 뽑아낸 생혈이다. 바꾸어 말하자면, 갓난쟁이의 우유를 빼앗아 먹는 것이나 다를 바 없다는 뜻이다. 아기의 젖병을 중간에서 가로채 내 뱃속을 채우고 있으니 이 얼마나 몰염치한 짓이란 말인가. 그것도 먹고살기 위해서가 아니라, 그저 세간에 떠도는 허황한 말 한마디에 혹해서.

한겨울이 지나고 이월 즈음이 되면 밤낮의 길이가 달라짐을 감지한 나무들이 기지개를 켜기 시작한다. 지난가을 잎을 떨어뜨리면서 수분도 대부분 증발시켰다. 물을 많이 남겨두면 나중에 얼음조각이 되어 세포를 손상시키기에 어쩔 수 없는 선택이었다. 대신 탄수화물이나 당분으로 변환시켜 끈적끈적한 부동액처럼 만들어 놓았다. 기온이 오르기 시작하면 뿌리에서 삼투된 물을, 물관의 미세한 표면장력을 이용하여 윗부분까지 밀어 올린다. 이 시기의 물이 달착지근한 맛을 내는 이유는 체내의 그 당분이 농도 짙게 녹아있기 때문이다.

봄 날씨의 변덕이 심할수록 나무의 수액은 세차게 흐르고 양도 많아진다. 날씨가 갑자기 추워지면 물관 중간에 공기 방울이 생기게 되어 물 흐름이 끊어진다. 막힌 배관을 수리하고 새로운 물길을 만들기 위해 더 큰 압력으로 물을 끌어 올리게 되어 생기는 현상이다. 본격적으로 잎이 나고 광합성으로 만들어진 영양분은 체관부를 통해서 아래로 보내진다. 그 과정에서 자연스럽게 수액과 섞이게 되어 탁하게 변하다가, 종내에는 상처가 아물어서 더는 흘러나오지 않게 되는 것이다.

이른 봄, 식물탐사 하느라 골짜기로 들어가다 보면 수액을 채취하는 호스가 줄줄이 연결되어있는 모습을 자주 본다. 생계수단으로 하는 농사야 누가 뭐라 하겠는가. 하지만 개인적인 욕심을 채울 요량으로 애꿎은 나무에다 구멍을 내는 것도 모자라, 다래나무를 줄기째 잘라내고 비닐봉지를 매달아 놓는 경우도 부지기수다. 제 한 몸 건강을 챙겨보겠다고 수십 년 자란 나무를 저리 망쳐놓은 사람의 양심은 무슨 색깔인지 뒤집어 보고 싶을 정도다. 자작나무, 거제수나무, 박달나무, 가래나무, 어떤 나무가 좋다더라고 소문이 돌기만 하면 남아나지 못할 지경으로 황폐화되어버린다.

먹고 마신다는 행위란 무엇일까. 생물은 먹어야 산다. 그러기에 먹는다는 것은 본능에 따르는 나무랄 데 없는 행위이다. 어찌 보면 삶의 유지를 위해 없어서는 안 될 신성한 의식과도 맞닿아 있는 셈이다. 살아서 움직이는 동물이든, 제자리에 뿌리를 내리고 사는 식물이든 '본능적으로 영양분을 섭취한다.' 그런데 사람은 본능을 넘어 '맛'이라거나 '무엇을 위하여'라는 구실로 먹는 행위 자체를 즐기기도 한다. 이 불필요한 사치 때문에 억울하게 치르는 다른 동식물의 희생이 그래서 안타까운 것이다.

사무실 창가에 서면 제일 먼저 눈에 뜨이는 단풍나무에도 변화가 찾아왔다. 나무껍질이 푸르게 변해가는 것이 하루하루가 다르다. 매일 마주하는 단풍나무 앞에서, 매일 '위안을 주어 고맙다'고 되뇌는 이 나무 앞에서, 그의 형제인 고로쇠나무가 쏟아낸 피를 벌컥벌컥 마셔대고 있는 나를 본다. 사유의 시작이 식물이고, 살아가는 힘을 생태에서 얻는다고 동네방네 떠들고 다니는 사람은 내 안의 또 다른 사람일까. 특별히 아픈 것도 아니면서, 그저 몸에 좋아 보자고 물병을 손에서 놓지 못하는 이중적인 나를 무엇으로 설명해야 할지 난감하기만 하다.

고로쇠 물 한 병을 몇 번이고 나누어 가면서 기어코 다 마셨다. 식물을 좋아한다는 어줍은 명분을, 눈앞에 주어진 욕망이 가볍게 이겨 버린 셈이다. 그러면서도 생태라는 말을 자랑스럽게 떠벌려대는 나는 위선자인가, 거짓말쟁이인가.

도대체 나는 누구일까.

연두의 시간

연두가 깨어난다. 산과 들이 새풀잎색으로 다시 눈을 뜬다. 부러 덧칠하는 것이 아니라 절로 드러나기에 모나지 않다. 살짝 돋은 여린 움색이고 설익은 콩깍지색이다. 갓풀색이며 순색이고 풋색이다. 어린색이거니와 꿈색이기도 하다.

새풀잎색은 한입 가득 깨문 복숭아의 달보드레한 속살이다. 보풀보풀 부풀어오는 솜사탕이고, 모판에서 겨우 싹을 내민 고추 모종이다. 갓 우화를 끝낸 애호랑나비의 날개 말림이다. 새끼 오리와 어미의 첫 눈 맞춤이다. 풋풋하게 버무린 달래 무침이고, 서리 기운 채 가시지 않은 냉잇국이다. 몇 걸음 내딛다 비칠비칠 넘어지고 마는 어린 강아지의 걸음마와도 같다. 오이 향이다. 설 우린 녹차 맛이다.

한편으로 풋색은 고난의 시작이다. 성장통에 힘들어하며 몸살 앓아야 한다. 삶을 시작하는 첫울음이다. 새로운 곳으로 내던져진 데 대한 두려움이다. 더없이 맑은 빛이기도 하지만 미래를 알 수 없는 불투명한 색이기도 하다.

갓풀색은 엄지를 안으로 말아 쥔 달배기 손녀의 주먹손이다. 젖살 통통한 손등에는 네 개의 우물 자리가 오목하게 생겨났다. 순두부처럼 부드러워 보이지만 핏기가 가실 만큼 손가락을 다잡아 쥐었다. 이 여리디여린 손으로 무엇을 이렇게 옴팡지게 움켜쥐고 있을까. 생각한 바는 아닐지라도 본능이 가진 삶의 의지이리라. 스스로 의식하지는 못하겠지만 이미 미래를 향한 움색 열망을 다그쳐 잡은 손이다.

꿈색 같은 손은 아직 한 번도 펴지지 않았다. 쥐고는 있지만 아무것도 가진 게 없다. 텅 비었기에 무엇이든 할 수 있고 어떤 것이든 될 수 있다. 손가락 하나가 꼼지락거리며 일어설 때마다 아이의 삶도 단풍잎이 펴지듯 조금씩 펼쳐질 것이다. 꽃마리의 꽃차례처럼 스르르 풀리며 자연스럽게 피어날 것이다. 여림에서 완연으로 여물어 갈 즈음이면 무수한 인연들을 쥐락펴락하며 자기만의 손을 완성해 갈 터이다.

우전 같은 순색이 세작으로 짙어 갈 즈음이면 남의 아픔을 감싸 안는 따뜻한 손이 될 것이다. 누구든 차별 없이 맞잡아주는 어진 손도 있다. 시대를 앞서가는 위대한 창작의 손은 또 어떨까. 혼자만 살아가고자 하는 차가운 손이 될 수도, 호의를 모르는 냉정한 손을 가질 수도 있다. 상처 하나 없는 손이라고 완전한 것도 아니고 갈라지고 거친 손이어서 미완인 것도 아니다. 손은 사용하는 방법에 따라 뜻이 달라지기도 한다. 그 손바닥이 세상을 향해 활짝 펴질 때는 만인들의 환영에 답하거나 참된 길로 인도하는 역할을 한다. 불끈 주먹을 쥐었을 적에는 노력과 맹세의 다짐이다. 두 손바닥이 가지런히 모이면 기원과 구원이 될 것이고 양팔을 드넓게 벌릴 때는 뭇사람들과 함께하는 세상을 만들어 가리라.

연둣빛 시간은 설레지만 지극히 짧다. 마치 삶의 행복한 순간처럼 순식간이다. 신록은 부대끼고 찢어지고 벌레 먹히며 초록으로, 단풍으로 물들어간다. 변화를 거부할 수는 없지만, 바람에 몸을 내맡긴 돛단배처럼 순응할 수는 있다. 물길을 거슬러 오르는 연어처럼 저항할 수도 있다. 어떻게 다잡아 가든 앞으로 살아갈 각자의 몫이고 선택이다. 어쩌면 우리네 한살이의 기본 바탕은 간난신고인지도 모른다. 연두는 고난과 절망 사이에다 웃음이 만들어 놓은 실금 같은 틈새, 그 미로를 찾아 나서는 첫 한걸음이다.

유채 장다리가 흐드러졌다. 마루금을 따라 연록이 기지개를 켠다.

1

연두의 시간

마, 치아뿌라

기어이 유혹에 걸려들고 말았다. 올해에는 오롯이 바라보기만 하리라던 일 년간의 다짐이 너무나도 허망하게 무너져 버렸다.

봄을 걷는다. 벚나무가 망울을 활짝 터뜨린 그야말로 꽃길이다. 상큼한 바람에 하늘하늘 흔들리는 꽃송이들이 마치 어서 오라며 환영의 몸짓이라도 하는 듯하다. 봄비가 촉촉이 내린 뒤부터였을 게다. 건너편 벚나무 가로수 길에 자꾸만 눈길이 머물렀다. 거무죽죽했던 꽃봉오리들이 연분홍빛으로 변하기 시작했기 때문이다. 이제나저제나 하고 틈만 나면 창 너머를 힐끗거리던 차에, 어제부터 폭죽처럼 터져 오르니 꾹꾹 눌러놓았던 마음의 다짐은 새까맣게 잊어버리고 그만 나무 아래로 달려와 버린 것이다.

길을 오가는 사람들의 얼굴에도 봄꽃이 피었다. 그야말로 몸으로 느끼는 봄이다. 바람은 따뜻하고 하늘은 쾌청하다. 줄줄이 늘어선 나무에는 수천, 수만의 꽃송이들이 하느작거리고 있다. 연홍의 꽃 빛이 숨결을 따라 내 가슴으로 들어온다. 향기에 취하고, 분위기에 들썩인다. 사람들만 신이 난 것이 아니다. 겨우내 배고픔에 시달렸을 벌들도 잔칫상이라도 받은 듯 요란스럽다.

아무리 좋은 것도 눈에 익으면 시들해지기 마련이다. 겨우 십여 분 남짓이나 되었을까. 늘 그랬듯 생각 없이 이끌려 들어온 이 꽃밭에서의 탄성은 잠시간에 끝나고 만다. 달뜬 흥분이 가라앉고 나면 눈은 꽃에서 가지로, 나무로, 점점 시야를 넓힌다. 그때부터는 보지 않아도 될 것들, 몰라도 괜찮은 것들이 보이고 들리기 시작한다. 가까이 다가온 만큼 흠결까지도 세세히 보인다. 먼지가 덕지덕지 껴 붙은 줄기와 썩은 가지가 옥에 묻은 티처럼 거슬린다. 꽃잎은 벌써 군데군데 떨어져 나간 흔적을 드러내고, 분홍빛은 옅어져 화장 지워진 민얼굴처럼 푸석하다. 발길에 짓뭉개진 꽃송이, 여기저기 묻어난 사람들의 흔적까지도.

지난해 봄 끝자락 무렵부터는 새로운 만남을 꿈꾸었다. 내년만큼은 멀찍이서 바라만 보며 산과 아파트, 그리고 꽃무리가 엮어내는 조화의 맛을 느껴 보자고. 막 달려가고 싶은 유혹의 달콤함과 간절함에서 오는 설렘, 자체를 즐겨보기로 한 것이다. 그 '바라만 봄' 안에서는, 커다란 꽃다발을 만들어 아름 넘치게 안아 볼 수도 있다, 꽃방석에 앉아 꽃차를 마시는 호강과 꽃길을 수백 리나 늘려놓고 홀로 걷는 낭만도 있다. 몽실몽실한 꽃구름 위에 올라타서 봄물 든 들판을 내달려본다든지, 꽃비를 맞으며 분홍빛 융단 위에서 뒹굴어 보는 것은 또 어떠할까.

가까이 다가가서 보는 것을 견이라 한다. 자세히 들여다본다는 의미가 포함되어 있다. 사물을 눈에 뵈지는 대로 보는 일이다. 형태를 파악하고 무엇으로 구성되어 있는지를 살핀다. 그리고는 자기 방식대로 해석한다. 지극히 주관적이며 감성적이다. 마치 이 꽃밭에 들어선 내가 바라보는 봄처럼.

거리를 두고 바라보는 것은 관이라 한다. 멀리 있는 만큼 넓은 안목으로 살핀다. 대상과 동시에 주변과 어우러짐도 함께 바라본다. 어울림의 맛을 마음의 눈으로 꿰뚫을 수 있다. 객관적인 관점에서 살피며 이성적 판단이 훨씬 수월하다. 마치 산 위에서 바라보는 내 마을의 풍경처럼.

어떻게 바라보든 옳고 그름의 문제나 선악의 문제는 아니다. 내가 어떻게 하고 싶으냐의 문제일 뿐이었다. 그러기에 여태 연례행사처럼 해왔던 다가섬을 미루고 물러서서 관조해 보고자 했다. 겸사로 마음공부까지도 더해 보리라는 야무진 꿈까지 꾸면서. 한데 촐싹대는 이 마음보로 인해 기어이 한해의 다짐이 틀어져 버리고 말았다. 몇 번의 유혹을 견뎌낸 것도 아닌 단 이틀을 참지 못하고 말이다. 아서라, 이래가지고서야 마음공부는 무슨.

의지박약한 현실 앞에 이보다 더 어울리는 말이 있을까. '마, 치아뿌라.'

1
연두의 시간

슬픈 진달래

무학산을 지나가던 사월이 분홍 물감 엎질러놓았다. 고향의 봄도 이랬다. 진달래는 민둥산 어느 구석에 숨었다가 나오는지, 때만 되면 온 산을 화사하게 달구어놓았다.

한 아름 진달래 다발을 품에 안고 오는 노부부의 모습이 행복해 보인다. 운동 삼아 뒷산 오솔길을 거닐다 오시는가 보다. 소녀 시절의 추억 다발이라도 보듬고 오는 듯, 할머니의 얼굴에 스민 미소가 진달래 못지않게 봄스럽다.

꽁무니를 돌려 빼고 마루를 향해 흰 똥을 내갈기던 아기 제비가, 다시 돌아왔노라고 빨랫줄에서 조잘거리는 날이었다. 진달래 꽃물로 입술이 퍼렇게 물든 채 사립으로 들어서니 어머니는 솥뚜

껑을 뒤집어놓고 고추전을 굽고 있었다. 대소쿠리에 그득한 부침개를 보고는 눈이 휘둥그레졌다. 무슨 의미인지도 모른 채, 맛난 음식을 먹을 수 있어서 마냥 행복한 날이었다. 제상을 앞에 놓고 머릿수건으로 눈가를 훔치는 어머니의 속내는 내 알 바가 아니었다. 그저 날마다 제삿날이기를 바라는 마음이었다.

내 처지가 남들과 같지 않다고 알게 된 날은 그리 머지않아 찾아왔다. 사실 그동안은 '애비 없는 자식이라는 말'이 그렇게 크게 다가오지도 않았다. 친구와 다툼이 있었던 어느 날, 나는 아버지의 빈자리를 새삼 깨달았다. 내 곁에 아버지가 없다는 사실이 상처가 된 그날, 동네 어귀의 느티나무에 홀로 올라 밤이 늦도록 내려오지 않았다. 무섭기만 하던 나무 아래의 음습한 기운도, 도깨비불이 날아다닌다던 애장터 돌무더기도 더 이상 겁나지 않게 된 날이었다.

그 후로 많은 것이 변했다. 열심히 공부한다며 머리를 쓰다듬어 주는 선생님의 손길이 조금도 반갑지 않았다. 친구들이 농사일을 거드느라 책 보따리조차 풀지 못할 때, 숙제나 하고 있을 수밖에 없었던 이유를 알아 버렸기 때문이다. 제삿날도 기다려지지 않았고, 메꽃 뿌리를 캐거나, 솔가지 껍질을 벗겨 먹는 짓도 하지 않았다. 가난을 드러내는 구차한 짓거리 같아서였다. 대신 뒷산 언덕에 하릴없이 드러누워 빈둥거리는 외톨이가 되었다. 자신감이 사라진 자리에 체념이 똬리를 틀고 앉았다. 위대한 장군이 되겠다던 거창한(?) 꿈도 사라졌고, 학교에 다닐 의미도 잃어버린 채 나만의 생각에 몰두해 가고 있었다. 그때 머릿속에 엉겨 붙었던 '사장님'이라는 어줍은 단어가, 오십여 년이 훌쩍 지난 지금도 내 발목을 붙들고 있음에랴.

객지에 나온 뒤로 기일에 맞추어 고향을 찾아가노라면, 언제나 말갛게 봄단장을 한 진달래가 먼저 맞아 주었다. 해맑게 반기는 참꽃 앞에서 달콤한 추억 하나 피어날 법도 하건만, 내게는 그런 것조차 허락되지 않았나 보다. 그저 주린 배를 달래주던 씁쓰레한 맛과 '개참꽃'을 잘못 먹고서 배 아파 뒹굴었던 아픔만이 흐릿하게 남아있다. 그러니 내 뒷산 진달래에는 어느 시인의 시구 같은 애틋한 낭만 한 자락 묻어 있을 리 없다. 꽃 따러 온 '건넛마을 젊은 처자'와의 만남도, '가시는 걸음걸음 놓인 그 꽃을 즈려밟고' 갈 이별도 나와는 상관없는 일이었다. 진달래 꽃잎에 점점이 박혀있는 멍울 무늬처럼 마음의 옹이가 되어버린 설움만이 꿈틀거리며 되살아 날뿐이다. 그래서 미운 진달래, 그래서 슬픈 진달래가 고향의 진달래다.

올해도 변함없이 제비가 돌아오고 진달래도 찾아왔다. 꽃다발을 안고 다정스럽게 걸어가는 노부부를 보면서 한 톨도 남아있지 않는 아버지에 대한 기억을 더듬어 본다. 아무리 뒤집어 보아도 한숨과 함께 원망스러운 앙금만이 헤집어 오른다. 비 오는 날이면 물동이가 아랫목을 차지했던 것도, 청널이 뒤집어져 머리가 깨진 것도 전부 당신의 부재 탓으로 남아있다. 아니지, 그래도 하나는 있다. 내가 '아비 역할에 서툴다'는 것을 둘러댈 변명거리 하나가 유산처럼 눌어붙어 있기는 하다.

하아, 나는 언제쯤 진달래 말간 꽃을 슬픔 없이 바라볼 수 있을까. 이 또한 부질없는 바람이리라. 이제 내가, 아버지보다 더 오랜 아버지인 것을.

1
연두의 시간

백태

근 이십여 년 동안 장미는 나에게 있어 꽃이 아니었다. 번지르르한 겉치레를 내세워 약삭빠르게 구는 깍쟁이라 치부하고 소 닭 보듯 건성으로 흘겨보았다. 외지에서 굴러온 주제에 박힌 돌 자리를 차지해버린 기회주의자라 여겨 거들떠보지도 않았다. 꽃이란 '야생에서 제풀로 피고 지는 것' 이라고 생각하는 내 관점에서는 지극히 당연한 발상이었다.

사람들이 장미를 정성 들여 심을 때, 나는 본질을 들먹이며 말렸다. 이왕이면 자생종을 심을 것이지 하필 개량종이냐고 투덜거렸다. 조작된 색깔이고 본연의 형질도 모호한 회색분자라며 몰아세웠다. 후손조차 스스로 남기기 어려우니 심어봐야 아무짝에도 쓸데없는 놈이라고 조롱하였다. 언제나 손길이 필요할 것이라고 걱정해 주는 척도 했다. 끝까지 돌봐주지 못할 거면 차라리 안 하는 게 낫다고 붙잡았다.

누군가 꽃 중의 여왕이라고 엄지를 세울 양이면, 그 자매들은 보지도 못한 무지한이라 비아냥거렸다. 순수하기로는 찔레꽃이고, 붉기로는 해당화가 으뜸이라고 우겼다. 쓸모 있기로는 생열귀나무에 어림없고, 우아하기는 국경찔레에 한참이나 못 미친다고 항변했다. 돌가시나무처럼 야무진 것도 아니고, 도도하려면 인가목 정도는 되어야 한다며 무시하기도 하였다. 심지어는 제대로 알지도 못하면서 겉모습만 보고 저 난리들이라고 코웃음 치기까지 했다.

날카롭게 날을 세운 가시조차도 매력적이라고 말할 때, 실속도 없는 게 자존심만 드세다고 힐난했다. 콧대만 높은 거라고 비꼬았다. 얼굴값 하느라 저리 뾰족하게 군다고도 했다. 현실 모르고 제 잘난 맛으로만 살아간다며 쏘아붙였다. 또 원색으로 치장한 것은 외모로 현혹하려는 여우같은 소행이라 흠잡았다. 겹겹이 둘러싼 꽃잎은 감출 게 많아서가 아니냐고 다그쳤다. 일백 송이의 꽃을 바쳤다고 자랑삼는 이에는 장사꾼의 사탕발림에 넘어간 어리석은 행위라고 실소했다.

오늘, 아파트 담장의 덩굴장미가 벙글고 있던 봉오리를 기어코 터뜨렸다. 지독하리만큼 외곬이었던 편견의 백태를 헤집고 장미가 슬며시 눈에 들어왔다. 내가 진심으로 바라봐 준적은 없었지만 지난해에도, 그러께에도, 그끄러께도 꽃은 붉게 피었었다. 돌이켜 생각해보니 한결같은 색깔이었고 변함없는 향기였다. 꼬아놓으면 꼬인 대로, 꺾인 자리는 부러진 채 푸른 잎을 내었다. 화난 이의 눈길이 부드럽게 바뀌었으며 가시로 위협하지도 않았었다. 여태껏 내가 주절거린 모진 말들을 모두 들었을 텐데도 그저 이슬만 머금고 있었다. 주제넘은 줄 모르고 해대는 험담에도 전혀 아랑곳없이 꾸역꾸역 철책만 기어올랐다.

장미가 뭐라 했나. 가만히 있는 나무를 헐뜯으며 나 혼자 선불 맞은 멧돼지처럼 날뛰었을 뿐.

1
연두의 시간

염치라는 게 있어야제

봄이 무르익었다. 창밖으로 내려다보이는 아파트 뜨락도 생동의 기운으로 왁자지껄하다. 이 소란의 와중에도 은행나무 위에 드러누운 등나무는 끝내 잠에서 깨어나지 못하고 있다. 지금쯤이면 벌써 새잎을 내고 꽃봉오리를 맺어야 하는 시기지만, 말라비틀어진 줄기에 푸른 기운이 돌아올 기미라고는 찾아볼 수 없다.

한때 등과 은행나무는 서로 사이좋은 이웃이었다. 등나무가 허리를 펴고 싶다고 하소연하면 은행나무는 서슴없이 제 가지를 내뻗어 줄기 끝을 붙잡아 주었다. 어떤 날은 까치발로 담장 너머 바깥세상도 보여주고 목말을 태워 장난스레 흔들어 주기도 했다. 이에 질세라 등나무는 가지에다 주렁주렁 꽃단장을 해주거나 벌 나비를 불러서 봄놀이를 함께하며 즐거워했다.

둘 사이가 어긋나기 시작한 것은 등나무가 욕심을 부리면서부터였다. 그냥 쉼터 지붕이나 곁가지 정도에 자리 잡은 것으로 만족했으면 얼마나 좋았을까. 어느 날부터 슬금슬금 우듬지 쪽으로 접근하더니 본격적으로 나무를 괴롭히기 시작했다. 나무이파리가 받아야 할 햇볕으로 제 배를 채운 등나무 줄기는 결국 꼭대기까지 점령해 버리고 말았다. 지난여름 줄기 끝에 높다랗게 걸터앉아서 세상을 내려다보며 거들먹거리던 서슬은 천하에 당할 자가 없어 보였다. 위세에 눌린 은행나무는 기를 제대로 펴보지도 못한 채 비실비실 말라 들어만 갔다. 그 얄미운 꼬락서니를 보다 못한 관리실 직원이 제법 굵직하게 자란 등나무 둥치를 그만 톱으로 몽땅 썰어버리고 말았다. 그러기에 웬만큼 할 것이지.

정자 지붕 위에 넝쿨이 겹겹으로 엉켜있었던 등나무는 나에게도 나름대로 소중한 존재였다. 새순이 애초롬하게 돋아나오면 내 마음도 같이 연둣빛으로 설렜다. 등꽃 향기 흩어지는 창가에 기대어서 봄 흥취에 젖기도 하고, 쉼터 그늘에 앉아서 더위를 삭이기도 했다. 무서리가 내려앉을 즈음에는 노릇한 단풍으로 왔다가, 우수수 낙엽의 동반자가 되어 더불어 가을치레를 하고는 했다.

함박눈이 펄펄 쏟아져 세상을 덮어버리면 지붕 위에 흩어진 씨앗을 찾으려 온갖 새들이 찾아온다. 덤불이 뒤엉켜 몸을 숨기기도 쉬울뿐더러 겸사로 먹이까지 있으니 그들에게는 좋은 놀이터가 되는 셈이다. 덕분에 내가 창가에 매달아 놓은 모이통에까지 서슴없이 다가와 놀다 가기도 한다. 그런 등나무가 하루아침에 사라져버려 나로서도 여간 섭섭한 일이 아니다. 되살아날 수 없는 것을 뻔히 알면서도 혹여 새잎이라도 돋았는지 자꾸만 치어다본다. 그러다 실망스러운 마음에 말라비틀어진 줄기를 바라보며 '바보 같은 놈' 이라고 혼자 중얼거린다.

사실 죽은 등나무로서는 억울한 면이 없지도 않다. 무심결에 타고 오른 곳이 하필이면 사람들이 아끼는 은행나무였다는 것이 문제라면 문제였을 뿐이다. 커다란 원줄기는 지붕에 둔 채 겨우 가지 몇 가닥이 건너갔을 뿐인데 나무가 너무 맥없이 무너져버린 탓도 있다. 등나무는 혼자 일어서지 못한다. 반드시 무엇인가에 의지하거나 도움을 받아야 한다. 그러다 보니 손에 잡히는 것은 무엇이든 붙잡고 오르려는 기질을 가지고 있다. 한번 잡은 물체는 몸통으로 빙빙 꼬아 돌며 어떻게든 놓치지 않으려 한다. 타고난 천성이 그런 것을, 까짓 나무를 조금 괴롭혔기로서니 밑동째 썰어버린 것은 너무 과한 처사가 아닌가 말이다. 사람들은 어디든 악착같이 얽혀드는 등나무의 성질을 이미 잘 알고 있었다. 갈등이라는 단어도 이런 못된 성깔머리를 비꼬아서 자기들이 붙여준 말이 아니었던가.

파랗게 새순이 돋은 은행나무는 이제야 숨통이 트인 것인지, '바르르' 흔들어대는 환희의 손짓이 싱그럽다. 여전히 등나무 줄기는 너부러진 채 나무 위에 걸쳐 있다. 하루아침에 뒤바뀐 둘의 처지가 꼭 남의 일 같지만은 않아 보인다. 사람 사는 사회도 두 나무처럼 얽히고설켜 서로 경쟁하는 곳이다. 나 역시 불안한 현실을 핑계 삼아 위로만 솟으려 하고 앞으로 나아가려고만 하지 않는가. 갈림길 앞에 서면 배려보다는 눈앞에 보이는 이익에 거리낌 없이 먼저 손을 내민다. 이 이기적 행위의 결과는 언제든지 의외의 방향으로 흐를 가능성을 충분히 가지고 있다. 오로지 제 살길만 찾아가다 비극을 맞은 저 등나무와 하등 다를 바 없는 신세가 될 수도 있을 것이다.

말이 좋아 사이좋은 이웃이었지 사실 베푸는 쪽은 늘 은행나무였다. 식물이 무슨 사양지심을 알겠는가만, 등나무에 염치라는 것이 조금이라도 있었더라면 어떠했을까. 제 처지를 알고 좋은 이웃이 있음에 고마워했더라면, 이리 흉한 몰골 대신 지금쯤 화사한 봄노래를 같이 흥얼거리고 있을 터인데.

1

연두의 시간

까치

입춘 아침이 소란스럽다. 웬만해서는 사람 가까이 오지 않는 까치라는 녀석이 창 아래까지 다가와서 짖어대고 있다. 턱밑에서 이리 요란을 떨어대니 혹여 좋은 소식이라도 있으려나하고 덩달아 마음이 설렌다.

제법 기다란 막대기를 입에 물고 은행나무 위의 둥지로 날아간다. 묵은 집을 수리하고 있는 모양이다. 저 까치집의 보수공사는 지난해 동지 무렵부터 이미 시작되었다. 짝이지 싶은 두 마리가 겨끔내기로 나뭇가지를 물어 나르는 모습이 몇 번이고 눈에 띄었다. 부지런도 하다. 겨울나기도 버거운 시기에 벌써 보금자리를 준비하는가 싶으니, 동물이지만 신통하다는 생각이 들기도 한다. 완전히 새로 짓는 집은 아닐지라도 그 공사가 만만찮을 것이야 미루어 짐작하고도 남을 일이 아닌가.

커다란 까치집이 있는 나무에서 약간 떨어진 키 작은 나무에는 채 짓다 만 작은 집 두어 개가 더 있다. 이 또한 저 녀석들이 작년에 만든 집인데 같이 보수공사를 하고 있다. 처음에는 집을 옮기려나하고 의아해했더니, 이것이 까치의 지혜라는 사실을 알고는 탄복해 마지않았다. 본채 주위에 몇 개의 헛집을 지어 해코지하려는 천적을 헷갈리게 하려는 전략이라고 한다. 게다가 장마나 태풍에 집이 파손 되었을 때 나뭇가지를 재빨리 조달할 수 있게 자재창고 역할도 겸한다고 하니 놀라울 따름이다. 약간의 준비로 미래의 위험을 분산시키는 저 영악함이 오늘날 까치를 번성시킨 바탕이 된 것은 아닐까.

이 까치는 작년에 저 집에서 새끼를 길러낸 부모 새일 것이다. 새끼가 떠날 무렵 어미가 둥지 근처를 오가며 내지르던 간절한 소리가 아직도 귀에 쟁쟁하다. 저만큼 떨어진 나뭇가지에 앉아서 새끼들을 유도하던 모정이 어찌나 애달픈지 한참을 보고 있었다. 서너 마리의 새끼들을 데리고 나무 사이를 오가며 때로는 낮게, 때로는 높은 음으로 극성맞게 울어댔다. 그 음률이 '너는 할 수 있다' 라고 부추기는 격려의 소리처럼 들리기도 했다. 잠시간 저러다 말겠지 했더니 그게 아니었다. 반나절이 넘도록 산 아래에서까지 소란을 떨고 있었다. 부모의 마지막 정성이런가, 자식을 품에서 떠나보내는 안타까운 마음이 내게도 전해져 애잔했던 날이었다. 동물이건 사람이건 부모의 마음은 별반 다르지 않은가 보다.

어릴 적 사립 앞에 서 있는 미루나무에도 커다란 둥지가 있었다. 까치가 수시로 둥지 안으로 들락거리는 것으로 보아 새끼가 있는 것이 틀림없었다. 그 어린것을 데려다 키워볼 요량으로 나무를 타고 올랐다. 다행히 군데군데 발받침이 있어 그렇게 어려운 일도 아닌 듯싶었다. 나무를 반쯤이나 올랐을까. 어디서 보고 있었는지 어미가 주변을 날아다니기 시작했다. 머리 위를 스치듯 지나가기도 하고 동네가 떠나갈 듯 짖어대기도 했다. 퍼덕이는 날갯짓 소리에 놀라고, 뒤통수를 쪼아댈 듯 가까이 다가오니 정신이 혼미할 지경이었다. 오도 가도 못 하고 벌벌 떨고만 있다가 힘이 달려서 그만 미끄러져 내리고 말았다. 집털이에 실패한 보복으로 자잘한 돌을 주워 몇 번이고 공중으로 냅다 던지다가 제풀에 지쳐 그만두었다. 다행히 크게 다치지는 않았지만 철없었던 날의 추억을 되짚어 보며 혼자 쓴웃음을 짓는다. 새끼 잃은 어미의 마음이라고는 생각조차 못 했으니.

환경이 변하고 인심도 변해서 사람이든 동물이든 자연에서 살아가기 어려운 시대다. 그러거나 말거나 시내 가운데에서 사람과 더불어 잘 살아가고 있는 까치를 보면 신기하기도 하다. 맨땅이라고는 눈을 씻고 봐도 찾을 수 없고, 과수나무도 별로 없는 도심에서 까치는 어떻게 살아남았을까. 아마 저들이 가진 특유의 지혜로움으로 현실에 잘 적응한 탓이리라. 처지가 어렵고 힘들 때 원망만 늘어놓은 사람이 있는 반면, 어떻게든 잘 타개해 나가는 사람도 있지 않은가. 일찌감치 집을 보수해놓고 먹이가 풍부해질 때 새끼를 기를 수 있도록 미리미리 대비하는 슬기가 어찌 까치만이 가져야 할 혜안이겠는가.

봄의 문턱이다. 크게 길하고 경사스러운 일이 많기를 기원하며 입춘첩을 붙였다. 거기에 더하여 기쁜 소식을 전해준다는 까치까지 이리 설레발을 쳐대니 다가올 봄이 은근히 기다려진다. 속물이라고 손가락질을 받은들 그 또한 어떠리. 마음에 뭉게뭉게 기대가 피어오르는 입춘 날 아침인 것을.

1

연두의 시간

탈각

호랑나비가 우화했다. 생사를 오가는 날개돋이 과정을 거치고서 드디어 세상의 밝은 빛을 보게 되었다. 애벌레 시절의 생김새와는 전혀 다른, 화려한 날개를 가진 새로운 몸을 얻었다. 나비가 껍질을 벗어 던지고 나서 제일 먼저 내지른 고고의 일성은 '찍' 하고 과거를 털어내는 오줌 한 방울이었다. 그리고는 두어 시간 날개를 말린 다음 드넓은 창공으로 날아올랐다.

나비는 완전변태를 하는 곤충이다. 애벌레에서 번데기로 용화되었다가 성충으로 탈바꿈한다. 같은 곤충이라도 불완전탈바꿈을 하는 메뚜기나 사마귀들은 어릴 때부터 성체와 비슷한 모습을 하고 있다. 그에 반해 나비는 상상하기 어려운 외양의 변화과정을 거친다. 외모만 그런 것이 아니다. 애벌레는 나뭇잎을 갉아 먹지만 나비로 변태한 후에는 꿀이나 수액을 대롱 같은 주둥이로 빨아 먹는다. 그보다 더 이해하기 어려운 것은 번데기 안에서 벌어지는 일이다. 분명히 벌레가 번데기로 굳어졌는데, 그 속에 들어있는 것은 액체에 가까운 원형질 상태라고 한다. 보름 남짓한 기간에 몸이 완전히 녹아내려 나비로 재조립되는 것이다.

애초에 알이 있었다. 나비가 초피나무 잎사귀 뒤편에 남긴 것이다. 그것은 그저 둥근 모양의 알일 뿐이었지 꿈틀꿈틀 기어 다니는 버러지가 아니었다. 기묘하게도 알 속에서 단백질이 일정한 법칙으로 반응해 머리가 되고 몸통이 되더니 다리가 되었다. 유전자의 지령이 이끌어낸 요소들의 조합작용 때문이었다. 이제 알은 알로서의 소임을 다하고 죽었다. 애벌레는 알과 아무 관련이 없는 독립체가 되었다. 그것을 증명이라도 하듯 부화 후 제일 먼저 한 일이 모태의 껍질을 씹어 삼켜 흔적을 없애는 일이었다. 완전범죄를 꿈꾸며.

벌레는 허물을 벗으며 덩치를 키웠다. 새똥처럼 생긴 일령에서부터 뿔 달린 오령까지 탈피 과정을 거칠 때마다 다른 몸을 받았다. 내가 보기에는 단순히 옷을 바꾸어 입는 것이 아니라 새로운 개체로의 재탄생이었다. 그것이 지난 생의 연장이었을까. 아니면 전혀 새로운 삶이었을까. 어찌 되었든 오령 애벌레는 제 할 바를 다했다. 죽음을 앞두고는 스스로 무덤 자리를 만들었다. 벌레는 죽었다. 영원한 안식을 꿈꾸며.

번데기는 먹지도 않았다. 그저 근 보름을 꼼짝하지 않고 매달려 있었을 뿐이었다. 하지만 유전인자라는 녀석이 또 상상을 초월하는 조화를 부려 호랑나비라는 얼토당토않은 생명체를 만들어 놓았다. 번데기는 과연 자기가 하늘을 날아다닐 것이라는 사실을 알고 있었을까. 과거와는 일촌도 닮지 않은 나비는 뒤돌아보는 법 없이 떠났다. 껍질은 할머니가 돌아가신 시골 마을의 빈집처럼 반쯤이나 허물어진 채 버려졌다. 실오라기 같으나마 나의 근원이라는 기억으로 이어져 있었다면 정녕 이러지는 못했을 터인데. 나비는 날아가 버렸다. 일탈을 꿈꾸며.

이런 일련의 변화가 한 생명체에서 일어난 성장 과정이었는지, 별개의 유전자가 서로를 이용해 상생하는 방식이었는지 나는 알 수 없었다. 다만 확실한 것은 내 눈으로 보았음에도 그것이 진실이 아닐 수도 있다는 것이다. 그냥 형태의 연장이 아닌, 전혀 다른 물질로 재탄생했기에 더욱 모호하다. 알과 애벌레가 연관은 있지만 서로 다른 개체이듯 애벌레 또한 나비가 아니었기 때문이다.

만물은 그 이름이 붙여지는 순간 무엇으로도 대체할 수 없는 고유의 속성을 가지게 된다. 가령, 장차 이 몸으로 세포 분열할 아버지의 정자도 그저 생식세포이었을 뿐이지 내가 아니었던 것이 확실하다. 내가 그것에서 비롯되었지만 나를 세포라고 부르는 사람은 없다. 정자는 유전자로부터 부여받은 제 할 일을 다 하고 생을 마감했다. 그 가느다란 인연을 빌미로 나를 생식세포와 동일시한다면 이 세상의 모든 물질은 곧 내가 되어버리게 된다. 따지고 보면 서로 연관성이 없는 물질이 어디 있겠는가. 그래서 알과 애벌레와 번데기와 나비는 같은 듯하지만, 다른 이름을 가지고 다른 시간을 살아간 각자의 실체이다.

알에서 나비로의 조홧속은 끊임없이 변화해 가는 일련의 과정이다. 다만 그 주기가 짧아 내 눈으로 확인이 가능했을 따름이다. 알과 애벌레는 모양과 형태뿐만 아니라 물리적 성질까지 엄연히 다른 실재다. 두 물체의 인과를 이어주는 고리가 있다면 '생존에 유리한 방향으로 언제든 진화해버릴 이기적 유전자에 조작당하다' 라는 것이다. 하지만 이 변덕쟁이 유전자조차도 벗어날 수 없는 일관된 법칙이 있으니 바로 '변화의 영속성' 이다. 불가에서는 이것을 일러 아마 '연기緣起' 라 한다고 했지. 하나의 사멸은 곧 다른 인연의 탄생으로 갈아타는 일이기에 삶과 죽음이 다르지 않다는 것이다.

주기가 조금 길어서 직접 느끼지는 못하지만 내 육신도 물질로 이루어진 이상 이 변화를 피해 갈 수는 없다. 오늘도 그 과정 위에서 있다. 몇 십년짜리 영화 필름 중에 화면에 비치는 한 컷이 지금이다. 조금 후는 분명히 다른 장면이 보일 테고. 나라고 생각하는 형상의 인두겁은 개념조차도 불확실한 '현재 이 순간' 이라는 시간을 스쳐지나가고 있을 뿐이다. 알은 애벌레가 잎을 갉는 모습을 상상할 수 없고, 벌레가 나비의 날갯짓을 꿈에도 모르듯 나도 이 몸을 탈각한 이후의 세상을 전혀 알지 못한다. 잠시 형상을 꿰맞추고 있는 신체라는 물질이 분해되어 풀이될지 지렁이가 눈 똥으로 변해 있지를 누구라서 알겠는가.

오늘, 그래도 나비는 힘차게 날아올랐다.

1

연두의 시간

너거가 내보다 낫다

사무실에 들어서면 으레 창문부터 연다. 일상적으로 행하는 환기라든지 기분 전환을 위해서가 아니다. 나뭇가지에 앉아 초롱초롱한 눈망울로 나를 기다려주는 새들의 안부가 궁금해서이다.

어찌 된 일일까, 날이 풀리고 잎들이 제법 무성해지고부터는 먹이를 보채며 부산을 떨던 그들이 거의 보이지 않는다. 강아지처럼 꼬랑지를 간들거리며 저 만큼에 앉아있던 딱새는 어디로 가버린 것일까. 괴상한 울음으로 자기의 세력권을 고집하던 직박구리는 왜 사라져버렸는지 모르겠다. 내가 해코지할 수도 있다는 사실도 잊은 듯, 먹이를 향해 곧바로 날아들던 곤줄박이는 어디에서 무엇을 하는지 코빼기도 보이지 않는다. 야속하기도 하지만, 날마다 먹이를 챙겨야 한다는 강압에서 벗어났다는 생각에 오히려 잘되었다 싶기도 하다. 먹이로 새들을 꼬드길 때는 언제고 이제 와서 다행이라고 여기는 속과 겉이 다른 나의 이중적 실체를 엿보고는 잠시 쓴웃음을 짓는다.

새들과 나의 인연은 추적추적 비가 내리던 지난가을에 시작되었다. 이 층 사무실 창가에는 단풍나무 한 그루가 손이 닿을 만큼 가까이 자라고 있다. 가을비의 낭만에라도 젖어볼 요량으로 창을 열었다. 토닥거리는 빗소리보다 먼저, 온몸이 후줄근하게 젖은 박새 한 마리가 눈에 들어왔다. 이파리마저 떨어져 버린 텅 빈 가지에 홀로 우두커니 앉아있는 모습이 가여웠다. 비 때문인지 먹이를 먹지 못한 탓인지, 야위고 힘이 없어 보였다. 그 또한 생태의 한 부분일 텐데 왜 갑자기 측은한 마음이 일었는지는 지금도 모를 일이다.

빈 음료수통을 아랫부분만 남긴 채 잘라내고 철사로 고리를 만들어 나무에 매달았다. 번갯불에 콩 구워 먹듯 땅콩을 사 오고, 사무실 안에서도 먹이를 줄 수 있게 긴 자루가 달린 모이 채도 만들었다. 허기를 면하고 배를 불려갈 새들을 생각하니 비를 맞으면서도 콧노래가 절로 나왔다. 곤궁한 속에서도 제 가진 것을 이웃과 나누는 동화 속의 주인공이라도 된 것 같은 유치한 상상을 덤으로 곁들이면서.

먹을 것만 주면 바로 달려들 줄 알았는데, 네댓새가 지나도 그대로였다. 창을 닫고 무심한 척 해봐도 모이는 줄어들지 않았다. '마음만으로 되는 일이 아니었구나.' 하고 포기할 즈음 우연처럼 동박새 한 쌍이 다가왔다. 두리번두리번, 한참 동안 주위를 살피더니 모이를 쪼기 시작했다. 오호라, 가슴이 뛰었다. 막연하게나마 교감이 이루어졌다고 생각하니, 애태웠던 마음이 스르르 한꺼번에 녹아내렸다.

무엇이든 처음이 어렵다고 하지 않았던가. 이틀에 한 번씩 비어가던 먹이통이 하루도 모자란다 싶더니, 일월 즈음에는 채 반나절을 넘기지도 못했다. 혹여 창을 여는 기미라도 보이면 저 멀리에 있다가도 포르르 날아서 다가오는 모습에 덩달아 신이 났다.

하나가 손에 들어오니 둘을 가지고 싶어졌다. 나뭇가지에 달린 통의 먹이를 줄이고, 창틀에다 새로운 모이통을 만들어 놓았다. 먹이를 통제하기 시작한 것이다. 공짜에 맛이 들었음을 알기에 아주 느긋이 기다리는 여유까지 생겼다. 아니나 다를까, 곤줄박이가 먼저 유혹에 넘어오더니 창틀이 분주해지기 시작했다. 내가 곁에 있거나 없거나, 마치 허수아비를 대하듯이 멀건 눈으로 바라볼 때는 약간 어이없기도 했다. 아무리 공짜가 좋다지만 손짓 한 번이면 제 목숨이 왔다 갈 지경인데도 본체만체하다니. 텔레비전에서 본 것처럼 손으로까지 유인해 볼까 하다가 야생동물에게 '이건 아니다.' 싶어 그만두기로 했다. 그것참, 배고픈 새들을 먹이로 구슬려 창안까지 끌어들여 온 내가 부끄럼도 없이 할 말은 아닌듯해 왠지

머쓱하다.

'번뇌는 마음에서 인다.' 고 했다. 자유롭게 살아가는 들새들이 눈앞에까지 와서 경계심 없이 먹이를 먹을 때는 신기하기도 하고 우쭐하기까지 했다. 그래서 더 열심히 모이를 사다 나르고, 먹이통을 확인하는 일이 일과가 되어버렸다. 출장으로 온종일 먹이를 주지 못하면 객지에서도 조바심을 낸다. 주린 배나 채워주려던 단순한 마음이 반드시 해야 할 과제로 변해버린 것이다. 그렇다고 이제 와서 싫다고 팽개쳐버릴 수도 없는 노릇이 아닌가. 그것이야말로 새들에 대한 배신이고 자신에 대한 무책임이기에 어쩔 수 없이 겨우내 먹이통을 꼬박꼬박 채워주어야 했다.

이제 그들은 대부분 흩어졌다. 어쩌다 찾아올지는 모르겠으나 내가 주는 먹이에 예전처럼 그렇게 연연하지는 않을 것이다. 번식을 위해서건, 또 다른 삶터를 찾아서건 제 본연의 길을 찾아 새들은 떠났다. 나라면 어떠할까. 손쉽게 얻어지는 눈앞의 노다지를 마다하고 본래의 거친 삶으로 되돌아갈 수 있을까. 시기를 보아 떠날 줄 알고, 때에 맞춰 그칠 줄 안다는 것이 어디 그리 말처럼 쉬운 일이었던가.

새들아, 너거가 내보다 훨씬 낫다.

1
연두의 시간

창, 나의 만다라

비가 내린다. 나의 만다라가 이월의 봄비에 촉촉이 젖어 든다. 창밖으로 보이는 뜨락도 이제 봄으로 깨어나리라.

조지 해스컬이라는 생물학자가 쓴 《숲에서 우주를 보다》를 읽었다. 나무와 돌로 이루어진 숲속, 지름 일 미터 남짓한 공간 안에서 일어나는 일들을 세세히 관찰하고 분석해 놓은 책이다. 작가는 그곳을 '만다라'라고 이름 붙였다. 만다라는 '모든 법을 원만하게 갖추어 결함이 없다'는 뜻이라고 한다. 그에게 숲은 비록 자그마했지만 완전한 세상이었던 셈이다. 그는 자기의 천국에 홀로 앉아서 숲에 말을 걸기도 하고, 돋보기를 들고 온종일 균류들을 살폈다. 한겨울에는 벌거벗은 채로 기절 직전까지 버티며 자연의 혹독함을 몸으로 체험하기도 했다. 자신만의 세상에서 관조하는 학자의 눈 앞에는 자연 생태 법칙과 온 우주 진리가 생생하게 드러나 있었다.

나의 만다라는 낡은 아파트 상가의 이층이다. 어둑한 복도 모퉁이에 출입문이 있는 여남은 평 남짓의 사무실이다. 그 안에는 불투명 비닐을 발라놓은 작은 미닫이 창문이 있다. 한쪽으로 겹쳐야 열리는 이른바 반쪽짜리 창이다. 사무실에서 밖을 바라볼 수 있는 유일한 곳이자 답답한 심사를 틔워주는 숨구멍이기도 하다. 햇빛 구경이래야 한여름 저녁나절, 해가 완전히 서쪽으로 기울어지는 잠깐의 순간이 전부다. 나는 의자에 앉아서 자주 창밖을 바라본다. 장맛비 쏟아지는 날이면 창문에 직접 부딪히는 빗소리와 낙숫물 소리를 듣는다. 가을이면 샛말갛게 물든 단풍잎을 눈에 담으며 변화해 가는 자연의 순리를 느낀다. 기쁘나 슬프나, 힘들거나 고뇌할 때나 이곳에서 사유하고 위로받기에 나는 이 창에서 보이는 세상을 '나의 만다라' 라고 부른다.

창안의 세상은 현실이다. 정리되지 않은 온갖 자재와 시공 도구가 난장판으로 너부러져 있다. 깔끔하지 못한 주인의 성격 탓에 책상머리도 어지럽기는 마찬가지다. 그 난잡함만큼 세사의 고단과 불평도 덕지덕지 곁붙어있다. 밖에서 들었던 모진 소리와 전화로 오갔던 고성들도 고스란히 이곳에다 내려놓는다. 사람 사이의 갈등과 먹고 살기 위해 아등바등 내 쉬는 한숨까지도 모두 여기가 종착지이다. 어디 그뿐이랴. 퇴근 무렵이면 어김없이 들려올 주당들의 달콤한 유혹을 기다리는 곳 역시 이곳이다. 그 또한 사람살이의 한 부분일지니.

창밖 세상은 마음의 안식처다. 나무와 풀이 있는 아파트 정원과 건너편 산이 고스란히 눈에 들어온다. 비 맞은 단풍나무가 무거워진 고개를 사무실 안으로까지 밀어 넣고는 두리번거릴 만큼 가까이 서 있다. 벚나무와 은행나무는 번갈아 가며 옷을 갈아입고 휑한 겨울이면 잣나무가 푸름을 붙들어놓는다. 그 아래로 산철쭉이며 남천을 비롯한 여러 가지 꽃들을 가꾸어 놓은 화단이 있다. 건넛산 상수리나무와 소나무도 고개만 들면 언제든 정겹게 눈 맞춤한다. 난간 대리석 갈라진 틈으로 괭이밥이 자라고 아침 까치가 반가운 편지를 날마다 물어다 준다. 이렇게 눈으로, 귀로 자연을 느끼고 있노라면 세속의 상처는 조금씩 아물어 가고 마음에는 푸름이 돋아난다.

그 너머는 이상향이다. 희망의 세계다. 구름과 하늘과 별과 달의 나라다. 어릴 적 읽었던 어린 왕자의 고향이 있고, 내가 바라마지않는 낙원이 있다고 믿는 곳이다. 심사를 후련하게 풀어놓을 글 한 줄을 생각하며 바라보는 허공이다. 웃음 머금을 내일을 상상하며 올려다보는 세상이다. 현실의 번뇌건, 자연이 주는 시련이건 저곳에서만큼은 고요하리라. 반쪽짜리 창을 통해서 바라보는 손바닥만 한 하늘이지만 세상의 모든 것을 다 담고도 남는다. 창 너머 미지의 세상을 바라보며 비로소 나는 미소를 찾는다. 세상이 아무리 넓어도, 만사가 아무리 얽혀도 지금 내가 있는 이 자리로 귀결되어 올 것임을 알려 주기에.

번민과 치유와 이상이 한 곳에 있는 곳, 나의 만다라. 이 창을 통하여 나는 삶과 마주한다. 생물학자가 숲에서 우주를 보았듯이 나는 반쪽짜리 창가에 서서 나만의 이상향을 찾는다.

2부

자미화 피는 날

2
자미화 피는 날

버찌

벚나무 아래에 이르러서는 까치발을 한다. 나무에서 떨어진 열매가 길바닥을 난장판으로 만들어 놓은 탓이다. 발길에 짓밟힌 버찌는 심술보라도 터진 것처럼 검보라색 토사물을 쏟아 놓았다.

오가는 이들의 눈매가 날카로워진다. 어지러이 널린 열매를 피하느라 이리저리 팔자걸음을 하며 원망스러운 눈짓으로 나무를 치어다본다. 자칫 하다가는 옷이나 얼굴에까지 시꺼먼 오물 세례를 받아 모처럼의 나들이마저 망칠 판이다. 물러터진 과육이 만들어 놓은 참사는 나무 아래에만 그치지 않는다. 발걸음을 따라와 현관 입구는 물론이고 상가의 복도에도 온통 얼룩무늬를 새겨 놓았다. 과육이 찢겨 나간 씨앗들의 잔해는 또 어떤가. 허연 뼈다귀를 드러낸 채 흉악한 몰골로 곳곳에 널브러져 있다. 어디 그뿐인가. 열매를 먹은 새들이 내갈겨놓은 배설물로 자동차의 앞 유리가 엉망이 되었다. 이래저래 당분간 벚나무는 사람들의 밉살스러운 눈길을 감내해야 할 모양이다.

봄날, 벚나무는 사랑을 가장 많이 받은 나무였다. 추위가 채 가시기도 전에 화사한 꽃을 피워 온 거리를 축제장으로 만들었다. 그 흥청거리는 연회의 주연은 당연히 벚꽃이었다. 감탄과 찬사가 주인공에 쏟아졌다. 칭찬의 단맛은 마치 자기가 세상에서 최고인 것처럼 착각하게 하는 묘한 성분을 가지고 있다. 왜 아니겠는가. 벚꽃은 지는 모습까지도 아름답다고 호들갑들이었으니 말이다. 꽃잎이 우수수 꽃비가 되어 흩날릴 때 사람들은 두 팔을 벌려 신이라도 강림한 듯 떠받들며 찬양했다. 지는 꽃과 자리바꿈하며 돋아나는 담갈색 여린 잎은 또 얼마나 새뜻했던가. 벚나무의 봄은 꿈같이 화려한 나날이었다. 어쩌면 이 심술 같은 열매도 사람들의 눈길을 되돌려 보려는 안타까운 몸부림일지도 모른다.

세속의 인심이란 허공에 난분분 휘날리는 꽃 이파리보다도 더 가벼운 것이다. 바람의 위세를 빌었을지언정 펄펄 날아오를 때는 누구나 올려다보며 열광한다. 의심하거나 따지지도 않는다. 동전보다도 작은 꽃잎 한 장을 신이 내리는 축복인 것처럼 붙잡아보려 이리 뛰고 저리 뛴다. 눈앞의 이적에 현혹된 사람들은 꽃비가 바람에 의해 조작되었다는 사실을 까맣게 잊어간다. 천지로 나부끼던 꽃잎이 이울고 땅으로 곤두박질하는 순간, 열망의 풍선은 '팡' 하고 산산조각으로 부서지고 만다. 어제는 온갖 흰소리를 해대더니 오늘의 버찌는 오예물 쳐다보듯 회피하며 눈을 흘기는 것이 바로 세상사의 인심이다.

그냥 주어지는 것이 어디에 있겠는가. 매화의 그윽한 정취를 알려면 혹독한 겨울을 먼저 맛보아야 하고, 산을 오르는 고통을 견뎌낸 뒤에야 운해를 발아래 둘 수 있다. 벚꽃의 향연을 그만큼 즐겼으면 이 버찌의 성가심 정도야 마땅히 감수할 일이 아닌가. 누린 만큼의 대가를 치르는 것이야 당연한 이치이거늘.

웃음꽃을 피우며 행복해했던 봄날의 기억은 잊은 지 오래고 지금의 번거로움만 귀찮아한다. 그 얄팍한 마음보로 도망치듯 나무를 비켜 와서는 계단 앞에서 신발까지 탈탈 털어댄다. 그런 나를 엘리베이터 안의 거울이 빤히 쳐다보고 있다.

2

자미화 피는 날

멀어져 보니 알겠다

어디에서 온 것일까. 아파트 꽃밭에 키다리 노랑꽃 한 송이가 피어났다. 나지막한 잡풀만 자라고 있는 공터에 홀로 생뚱맞게 피어 간들거리고 있으니 절로 눈길이 머문다.

그러고 보니 읍내를 가로지르는 개천 둔치도 온통 황금색 꽃물결로 일렁이고 있었다. 늘 오가며 바라보는 곳이라 한 번쯤은 가보려고 했는데 마침 마음이 내킨 김에 개울로 나서본다. 야트막한 물길을 사이에 두고 양쪽으로 산책로가 있는 곳이다. 냇가로 내려서기 전 잠시 둑 위에서 발을 멈춘다. 하천을 따라 생겨난 구불구불한 꽃길이 오가는 사람들과 한 폭의 그림처럼 멋스럽게 어우러져 있다.

올 때의 마음과는 달리 선뜻 안으로 들어서기가 망설여진다. 낯설다. 아마 아직도 다 걷어내지 못한 벽견의 찌꺼기들이 낯가림하고 있어서 일 것이다. 얼마 전까지만 해도 이렇게 인위적으로 만들어진 풍경을 볼 때는 마치 혓바늘이라도 돋은 것처럼 불편해했다. 자연 하천을 헐어버리고 인공으로 조성한 꽃밭이 애초부터 마음에 들지 않았던 탓이다. 게다가 기왕이면 우리 꽃을 심을 일이지, 꼭 외래종을 심어야 했느냐는 생각도 한 몫을 거들었다. 속내가 그러하니 자연스레 이 둔치 길도 내게는 미운털이 박혀버렸다. 순수한 마음이 아닌, 각인된 미움을 여과 없이 드러내 보인 옹졸한 처사가 쑥스러워서 이렇게 다가서길 미루적거리고 있다.

식물을 공부하면서 특산식물이나 귀화식물을 알게 되었다. 이 땅에만 살고 있으니 특산이고 예부터 같이했으니 우리 것으로 생각했다. 생태교란종이 자연에 끼치는 해악을 보면서는 도래종에 대해 좋지 않은 감정을 더 깊이 가지게 되었다. 토종은 무조건 보존해야 하고, 도입종은 씨를 말리는 것이 좋다는 생각은 누가 가르쳐주지 않았는데도 저절로 생긴 분별심이다. 나도 모르게 자타를 구분하는 차별의 공간을 만들어 그 속에 자신을 가두어 놓고 있었던 모양이다. 자생인 찔레꽃만이 진정한 꽃이고 장미는 겉멋만 들인 천박한 꽃이라 여겨 거들떠보지도 않았으니 그 편견이야 오죽했겠는가.

물가로 끌려가는 소걸음처럼, 둔치 안으로 억지 걸음을 엉거주

춤 들여놓는다. 머뭇머뭇 길섶으로 다가가 풀꽃들과 슬그머니 눈을 맞추어 본다. 나는 앙금을 다 털어내지 못해 멋쩍은데, 고개를 끄덕이며 반겨주는 웃음이 해맑다. 꽃무리 속으로 들어와 보니 샛노란 금계국만 있는 것이 아니다. 사이사이로 뒤섞인 하얀 개망초도 다정스레 어울려 있다. 물 건너에서 이주해 온 수레국화도, 토박이 애기똥풀도 한데 엉겼다. 어디서 왔으면 어떤가, 한곳에 모여 살아가는 이웃인 것을. 우리네 삶도 그러하지 않은가. 만리타향으로 이민 간 사람도 있고, 낯선 곳에 와서 적응하며 잘 사는 이도 얼마든지 있으니.

사실 눈앞의 이 꽃은 금계국이 아니라 큰금계국이라고 불러 주어야 한다. 누가 내 이름을 다르게 부르면 기분이 나쁘듯, 식물도 제 이름을 정확하게 불러 주어야 한다고 생각했다. 김 씨나 이 씨처럼 두루뭉술하게 지칭하는 말은 자신이 없어 얼버무리는 일이라고 여겼다. 식물을 볼 때도 만남, 그 자체를 즐기는 것이 아니라 집안 내력을 추적하고 가계를 분류하는 데 더 힘을 쏟았다. 말로는 꽃을 보러 간다고 했지만, 그 속내는 혹여 새로운 종류라도 만날까 하는 욕심으로 불원천리했던 셈이다.

언제부터인가 산으로 달려가는 횟수가 점점 줄어들었다. 핑계야 많겠지만 나태해진 탓이리라. '하나를 잃으면 하나를 얻는다' 라고 하지 않았던가. 한걸음 물러서 보니 여러 가지의 갈림길이 새롭게 눈에 들어온다. 그냥 금계국이라 불러도, 꽃 자체의 의미는 변하지 않았다. 귀화종이건 토종이건 '생명의 의미는 다르지 않다'라는 사실도 새삼 알아가는 중이다. 게을러진 걸음을 위한 변명인지도 모른다. 그래도 외래종 꽃 한 송이를 예전처럼 푸대접하지 않는다는 것 또한 엄연한 사실이다.

천덕구니 돼지풀이든, 얄궂은 이름으로 살아가는 큰개불알풀이든 다르지 않다. 모두가 똑같은 무게를 가진 어여쁜 한 송이 꽃이라는 사실을, 멀어져 보니 조금은 알겠다.

2
자미화 피는 날

메꽃

메꽃이 길을 잃은 모양이다. 디디고 일어설 곳을 찾지 못해서인지 뜨락의 풀밭에 그냥 퍼질러 앉았다. 그렇다고 분홍색 선연한 꽃이 제 낯빛을 잃기야 하겠는가만.

가만히 내려다보고 있노라니 여남은 살 시절의 이야기가 나팔 속에서 울려 나오듯 들려온다. 두 번 다시는 들춰 보지 않겠노라고 내팽개쳐놓은 날들의 기억이 몽글몽글 기어 나와 꽃줄기를 타고 굽이진다. 접어 넣을 때의 허기진 분노도 이제는 곰삭힌 반가움이 되어 눈앞에서 피어난다. 사실 그때는 저 녀석의 이름이 나팔꽃인지 메꽃인지조차도 몰랐다. 어른들에 주워들은 말로 그저 '메뿌리' 라 불렀을 뿐이다. 꽃이 아니라 뿌리라 부른 것은 밑동이 그나마 쓸모가 있었기 때문이리라.

마파람에 봄 내음이 진득하게 묻어 들어올 무렵이지 싶다. 부지런한 동네 아재가 소를 몰고 집 앞을 지나가면 나도 얼른 대소쿠리를 챙겨 든다. 들길과 맞닿아 있는 갯들 논배미에는 유독 메꽃이 많이 자라는 걸 알기 때문이다. 애벌갈이하느라 쟁기로 두렁 주변을 깊숙이 갈아엎으면 꽃 뿌리도 덩달아서 뒤집어진다. 마치 국수 가락을 흩뿌려놓은 듯 허옇게 배를 드러낸다. 내가 하는 일이라고는 흙더미를 툭툭 발로 차서 무너뜨리고 그저 주워 담기만 하면 된다. 묵직한 바구니를 들고 돌아오는 길은 절로 배가 든든해진다.

갓 물이 오르는 시기의 뿌리는 실오라기처럼 가늘긴 해도 꽁보리밥과 함께 섞어 놓으면 제법 달착지근한 맛이 있다. 거무튀튀한 보리쌀과 대비되어 흰 쌀밥처럼 보여 덤으로 눈맛까지 돋운다. 생으로 씹어 먹거나 구워 먹을 수도 있지만, 주로 고구마처럼 밥 위에 얹어서 삶았다. '듣기 좋은 꽃노래도 한두 번' 이라는 말이 있지 않은가. 처음에는 보풀보풀하던 메도 자꾸 먹다 보면 나무줄기처럼 질겅거리며 입안에서 맴돈다. 밥알만 빼먹고 슬며시 돌아앉으면 먹는 음식을 남긴다고 또 구박받았다.

시내에 살다가 전원생활을 하러 간 친구가 메꽃 때문에 못 살겠다고 하소연이다. '예쁜 꽃들이 지천으로 피어 있으면 좋지 않으냐' 고 되물었더니 모르는 소리 한다고 되레 타박이다. 저간의 사정이야 보지 않아도 알만하다. 딴에는 친환경을 내세우다 보니, 길섶이고 묵밭까지 점령해버린 메꽃을 감당해낼 방법이 없다는 이야기일 것이다. 녀석들의 뿌리 때문에 남새밭도 만들지 못할 지경이라고 투덜거린다. 그이가 철천지원수처럼 말하는 메꽃이 내게는 한 끼 밥을 대신했었다는 사실을 알기나 할까. 하기야 지금 보고 있을 여름 땅속줄기는 먹지도 못할 만큼 질겨져 있겠지만 말이다.

며칠 뒤에는 호미로 일일이 걷어낸 것이라면서 꽃과 줄기가 한가득 담긴 광주리 사진을 보내왔다. 사진을 보고 있자니 빙긋 웃음이 나온다. 그이는 아마 꿈에도 모르리라. 저렇게 어설프게 파낸 뿌리와 줄기는 오히려 메꽃의 번성을 도와주는 길이라는 사실을. 메꽃 뿌리는 그냥 풀뿌리가 아니라 땅속줄기다. 그러니 반 토막만 남아있어도 다시 살아나 땅속으로 뻗어간다. 꽃이 엄청나게 많이 피는 듯해도 막상 씨를 맺는 것은 극히 일부뿐이고 뿌리줄기로 번식한다는 현실을 안다면 또 얼마나 한숨지을까.

꽃으로 사람의 눈길을 끌고 땅속에서 대를 이어가는 메꽃의 이중성을 어찌 나무랄 수만 있으랴. 사람도 누구든 제 살아가는 방도 하나쯤이야 가지고 있지 않은가. 평소에는 한없이 좋아 보이던 사람도 막상 이해관계에 얽히게 되면 전혀 다른 사람처럼 행동하는 경우도 허다하다. '내 꽃이 최고입네' 하고 떠들어대는 사람들의 속 뿌리야, 메꽃보다 더했으면 더했지 못하지는 않을진대.

친구, 메꽃에 속았다고 너무 섭섭해 하지는 마시게. 제 살길을 도모하기로는 자네나 나나 마찬가지가 아닌가. 얽히고설키며 살아가는 방편이 아니라, 내 뿌리가 나아갈 방향을 잃을까, 나는 그것이 두렵다네.

2

자미화 피는 날

패자에게

모처럼 맑게 갠 날이다. 사나흘이 멀다 하고 비를 퍼부어대던 장마가 물러가고 나니 기다렸다는 듯 불볕더위가 찾아왔다.

그늘을 찾아서 사무실 밖으로 나섰다. 길거리 공터지만 땀을 식힐만한 곳이 근처에 있다. 아파트에 갇혀 갈 곳 잃은 바람이 몰려드는 바람길이다. 게다가 두어 사람 정도는 품을만한 은행나무 그늘까지 있어 뻐근한 허리라도 펴볼 겸사로 즐겨 찾는 장소다. 쉼터의 경계에는 나지막한 벽돌 담장이 있고 그 위에는 철제 울타리를 세워놓았다. 나무 아래에 서서 땀을 식히고 있자니 담벼락에서 꼬물거리는 무엇인가가 눈길을 잡아끈다. 더위 따위는 아랑곳없이 열심히 돌아다니고 있는 개미들이었다.

한 녀석이 제 몸집의 네댓 배가 넘어 보이는 큼지막한 먹이를 물고 담장을 오르고 있다. 무얼 가지고 가는지 궁금증이 일어 돋보기안경을 끼고서는 다시 살핀다. 한가득 입에 물고 있는 것은 어린 노린재의 사체였다. 녀석은 힘에 부치는지 느릿느릿 뒷걸음질하고 있다. 큼지막한 식량을 구했으니 제집으로 곧장 갈 줄 알았는데, 이리저리로 갈지자걸음 하며 주변을 헛돌고만 있다. 분에 넘칠 정도의 먹이를 기우뚱거리며 끌고 가느라 제대로 방향을 잡지 못하는 듯 보인다.

그때였다. 어디선가 조금 커 보이는 개미 한 마리가 다가오더니 반대편을 덥석 물고는 제 쪽으로 끌고 간다. 아하, 녀석이 어른을 기다렸나 보다. 발을 맞추듯, 한쪽은 끌고 한쪽은 밀어주는 모양새다. 미물이라지만 그들의 우애에 고개를 끄덕이며 일어서려다 뭔가 이상한 느낌에 발길을 도로 주저앉혔다. 저만치까지 사이좋게 잘 간다고 했더니 웬걸, 이번에는 서로 버티면서 자기 쪽으로 끌어당기려고 용쓰는 것이 아닌가. 나는 그제야 뒤에 나타난 개미가 임자 있는 먹이를 가로채려는 속셈임을 알게 되었다. 덩치에서 밀린 원래 주인은 뺏기지 않으려고 발버둥 치면서 마지못해 끌려갔던 것이었다.

한참을 쪼그리고 앉아 흥미진진하게 개미들의 싸움을 들여다보고 있노라니 무릎이 시큰거려왔다. 두 녀석이 그늘에서만 실랑이하면 좋을 텐데, 뙤약볕까지 이삼 미터를 오가는 통에 나도 따라

다니느라 온몸이 후줄근하다. 게다가 길가는 이들이 이상한 눈초리로 바라보는지 뒤통수까지 따끔거린다. 왜 아니겠는가. 머릿밑조차 휑한 사람이 오뉴월 땡볕에 담벼락을 쳐다보며 혼자 중얼거리고 있으니. 그렇게 근 한 시간이 지나고 있었다. 삼차원에서 내려다보는 내게도 힘든 시간이었는데 직벽에 매달려 끝도 없이 다투는 저들은 얼마나 힘겨울까 하는 안타까움이 슬며시 밀려왔다.

개미들의 사투는 치열하다. 아니 일방적인 탈취전이라고 해야 옳으리라. 애써 구한 먹이를 빼앗길 위기에 처한 작은 개미도 악착같다. 힘으로 맞서다 지쳤는지 매달리다시피 끌려다니면서도 먹이만은 놓지 않는다. 벽돌의 옴팡진 곳에 들어가면 몸으로 버티고, 큰 녀석이 먹이를 하늘로 치켜들면 허공에 떠서도 버둥거린다. 집념이라고 해야 할까. 과연, 나는 어떤 일에 저토록 처절하게 집중해 본 적이 있었던가. 하나를 이루기 위해 이토록 질기게 붙들고 늘어져 본 적이 있기나 했던가. 작은 개미의 절박한 몸부림은 바라보고 있는 나조차도 숙연케 한다. 이차원에서 사는 개미 처지에서 보자면 삼차원인 나의 위치는 신의 영역이나 마찬가지일 것이다. 그러한 내가 애잔한 마음이 절로 생길진대, 사람이 정성을 다하면 하늘이 감응한다는 말 역시 허투루 들을 일만은 아닐성싶기도 하다.

그 후로도 몇 번이고 자리를 옮겼다. 인제 그만 포기하고 싶어진다. 경비 근무를 하는 어르신이 몇 번이고 와서는 같이 들여다

보며 끌끌 혀를 찬다. 젊은 사람이 참 할 일도 없다 싶었던 모양이다. 모기에 물린 자리가 따끔거리고, 스멀스멀 온몸이 간지럽기도 하다. 그래도 자리를 털고 일어서지 못하는 것은 처음부터 가시지 않는 궁금증 하나 때문이다. 본래 먹이를 구하면 제 거처로 가지고 가는 게 개미의 습성이 아닌가. 그런데도 저 녀석들은 집으로 갈 생각이 아예 없는 것처럼 담벼락만 좌우로, 아래위로 수십 번도 더 오가니 '왜 저러고만 있나' 하는 의문 탓이다.

콘크리트 틈새를 지나다 잘 못 걸렸는지 작은 개미가 그만 먹이를 놓치고 말았다. 떨어져 나온 개미는 어쩔 줄 몰라 하며 뱅글뱅글 제자리에서 맴돌이만 하고 있다. 큰 녀석은 찰거머리가 없어진 것을 눈치채고는 어디론가 잽싸게 달아난다. 방향을 헤매는 것도 아닌, 일직선으로 곧바로 달려간 곳은 벽돌과 철제 울타리 사이에 생긴 틈새였다. 도저히 개미집처럼 보이지 않아서 조금 지켜보고 있으니 제 또래의 개미들이 제법 들락거린다. 집을 지척에다 두고도 혹여 모를 우환에 대비해 상대방이 떨어져 나갈 때까지 저 난리를 쳐대었던 것이다.

갑자기 작은 개미의 안부가 궁금해졌다. 성공한 자는 전리품을 챙겼지만, 이것저것 다 빼앗긴 자의 상실이야 오죽하겠는가. 순간이나마 승자에게만 주었던 눈길을 자책하면서 녀석을 찾으니 모퉁이 저만치로 모습을 감추고 있다. 모든 것을 잃고 멀어져가는 패자의 씁쓸한 뒷모습이다. 승자의 꽁무니를 쫓는 대신 차라리 패전자를 마음으로나마 응원하며 바라봐주지 못했음이 살짝 후회로 다가온다. 이긴 자의 환호성 뒤에는 절망하는 이의 수렁 같은 그늘이 있다는 것을 잠시 잊은 탓이리라.

늦게나마, 패전의 쓴잔을 마신 작은 개미에게 위로를 전하고 싶다. 온 힘을 다했음을 아노라고. 승부에서 잠깐 밀렸을 뿐, 결코 삶의 패배자는 아니라고.

참나리의 속내

이층에서 화단을 내려다보다가 반가운 마음에 냉큼 달려 나왔다. 이제나저제나 조바심하며 기다리던 참나리꽃을 보았기 때문이다. 사나흘을 안달하며 기다렸더니 드디어 벙글었던 꽃봉오리가 활짝 열렸다.

며칠 전 사진 한 장을 받았다. 내가 꽃을 좋아한다는 것을 아는 친구가 산행 중에 찍은 것이라며 보내온 참나리 사진이었다. 이어서 또 한 장의 사진이 들어왔다. "이거는 뭐꼬" 잎겨드랑이마다 검정콩처럼 동그마니 앉아있는 구슬의 정체가 궁금했던 모양이다. 그걸 다 발견하다니, 친구의 관찰력이 예사롭게 보이지 않아 슬그머니 입꼬리가 올라갔다. 보통은 꽃에 눈길을 빼앗겨 '주아' 라는 게 있는지조차 모르고 지나치는 경우가 대부분이기 때문이다.

참나리는 나리 중에서도 으뜸이라는 의미다. 늘씬한 키와 눈길을 확 잡아끄는 꽃을 보면 절로 고개가 끄덕여지는 이름이다. 장마철이 끝날 때쯤부터 시작하여 차곡차곡 탑을 쌓듯 꽃차례가 올라가면서 피고 진다. 누린 듯 붉은 꽃잎에 새겨진 자주색 반점들은 별처럼 반짝인다. 이 빛나는 보석 바구니에 담긴 달콤한 꽃꿀을 찾아오는 나비 손님들로 참나리 찻집은 언제나 붐빈다. 대롱대롱 길쭉한 꽃밥을 흔들고 있는 수술은 앞으로 쭉 뻗어 나온 암술을 호위하듯 가지런하다. 수줍은 듯 살짝 고개 숙였으니 거꾸로 매달린 나비가 날갯짓할 때마다 꽃가루가 저절로 옮겨진다. 외모로 보나 구조로 보나 어디에 내놓아도 잘났으면 잘났지, 푸대접받을 바는 아니다.

후세를 남기는 일에 노심초사하는 것은 모든 생명체의 공통된 숙제라고 해도 지나친 말이 아닐 것이다. 식물이 꽃을 피우는 큰 이유 중의 하나도 열매를 맺고자 하는 목적이다. 그런 점에서 보자면 이 녀석은 참으로 엉뚱하다. 크고 화려한 꽃에다 중매쟁이 곤충까지 수시로 들락거리니 완벽하다 싶지만, 사실은 열매를 거의 맺지 않는다. 대부분의 식물이 갈망하는 씨앗도 참나리에는 그저 만일의 사태에 대비한 보험 정도의 역할에 지나지 않기 때문이다. 이미 훌륭한 후계자가 따로 둘이나 있기에 열매는 맺으면 좋지만 맺지 않아도 그만으로 치부하는 모양이다. 꽃은 번식보다는 천적의 눈길을 돌려 영양덩이 주아를 보호하려는 눈가림용이라고 보는 것이 오히려 타당하지 싶다.

나리 종류는 '백합과' 집안이다. 백합百合은 양파나 마늘처럼 대체로 여러 조각이 합쳐진 비늘줄기를 가지고 있다고 해서 붙여진 이름이다. 영양분이 많아 사람은 물론 동물들도 좋아하는 먹잇감이다. 배고픈 멧돼지가 땅을 헤집어 알줄기 덩이를 깨물면 여러 개의 조각으로 분해되면서 일부는 땅으로 흩어진다. 이때 떨어져 나온 비늘마다 각자 뿌리를 내리고 새 삶을 얻으니 누이 좋고 매부 좋은 생존전략이 아닌가. 더구나 돼지가 땅까지 푹신하게 뒤집어 주었으니 말이다. 그뿐인가. 친구가 보내온 사진처럼 보다 멀리 시집보낼 살눈을 만들어 일찌감치 자식 농사를 마무리 지어놓았다. 이러니 살랑살랑 한여름의 꽃놀이를 즐긴다 한들 누가 뭐라고 하겠는가.

천하의 명장 한신이 진창을 차지하기 위해 먼저 잔도를 수리하는 척하여 상대의 이목을 집중시킨 후, 옛길로 군사를 빼돌려 진창을 점령하였다 한다. 소위 말하는 암도진창의 계책이다. 꽃이 피었으니 당연히 열매를 맺을 것이라는 상식을 완전히 뒤엎어 버리고, 슬며시 무성번식을 해 버리는 이 기발한 역발상. '눈에 보이는 것만이 전부가 아니다'라는 사실을 직접 체득시켜 주는 듯하다. 살아오면서 내 눈으로 직접 보고서도 그 내면의 진실을 알아보지 못한 경우는 또한 얼마나 많았던가.

열매 맺지도 않을 꽃을 이리도 거창하게 피우는 참나리의 속내를 무더위 아래에서 잠시 헤아려 본다.

2
자미화 피는 날

매미소리

'격' 이라는 말이 있다. '주위 환경이나 형편에 자연스럽게 어울리는 분수나 품위' 라는 말이다. 오늘 같은 염천에 알맞은 격이 있다면 아마 매미 소리가 제격이 아닐까 한다.

느티나무 가지에서 울어대는 매미 소리가 요란하다 못해 시끄럽기까지 하다. 그래도 여름의 격조이려니 생각하고 차라리 즐겨보기로 한다. 바람 한 점 없는 데다 찜 탕 속에라도 들어앉은 듯한 무더위를 삭여줄 무엇인가가 있다면, 그나마 이 매미 소리 아니겠는가. 그러니 다 내려놓고 그저 들어 보는 것 또한 나쁘지는 않으리라.

저 울음의 속성이 수상하다. 이쪽이 울면 저쪽이 따라 울어 젖힌다. 한 녀석이 더 크게 울면 건너편에서는 아예 대놓고 자지러진다. 사촌이 잘되는 꼴을 못 보겠다는 심술보를 터뜨리고 있는 듯해서 사뭇 흥미진진하다. 누구보다 더 크게 울어야 하는 울보의 숙명을 타고났으니, 저 수매미들의 애환도 참으로 만만치 않아 보인다. 울다가 울다가 꿈에 그리던 짝이 찾아오면 어떻게 해야 할까. 더 크게 울어야 하나, 그만 그치고 웃어야 하나 괜스레 궁금증이 몰려온다. 이래저래 더위는 잠시 잊을 수 있으니 역시 탁월한 선택이었다고 자화자찬까지 곁들여보는 여름날이다.

만사가 정석대로만 된다면 얼마나 좋을까. 바른길보다는 편법이 더 판을 치고, 변칙이 이상해 보이지도 않은 세상이다. 사람살이만 그런 것이 아니다. 동물의 세계라고 해도 크게 다르지 않다. 아니 오히려 더 하지 않을까. 저들이 윤리를 알겠는가, 도덕을 공부했겠는가. 단 하나, 목적을 위해 모든 수단을 동원하는 것이 자연생태에서 살아가는 동식물의 삶인 것을.

어떤 책에서 특별한 관찰기록을 본 적이 있다. 번식기가 되면 울음소리로 짝을 찾는 곤충이나 양서류에 관한 내용이었다. 대체로 이런 부류들의 경우 크고 우렁찬 울음소리가 좋은 짝을 찾는 것이 당연할 터이다. 부실한 성대 탓에 목소리로는 이길 수 없는 울보 세계의 약자는 다른 책략으로 유전자를 남긴다고 한다. 큰 목소리가 죽으라고 고함칠 때 슬며시 그 옆으로 끼어들어 겨우 우는 시늉만 하면서 기회를 엿본다는 것이다. 그러다 큰 울음을 듣고 찾아오는 암컷을 제가 드센 소리를 낸 주인인 양 중간에서 냉큼 가로채 버린다고 한다. 저리 자지러지게 울어대는 매미 소리를 듣다 보니 매미의 세계라고 왜 얌체가 없으랴 싶기도 하다. 어느 곳이든 날로 먹고 싶은 붙이는 어김없이 존재하기 마련이니 말이다.

인간세상에서는 매미 소리보다 더 시끄러운 소리도 흔히 들을 수 있다. 바로 얌치없는 인간들이 뒤에서 내지르는 아우성이다. 대부분의 정당한 소리 가운데 섞인 일부의 비정상적 주장이 세상의 질서를 어지럽혀 놓는다. 오직 사람 세상에서만 얌체의 소리가 오히려 더 크고 강력하게 들리는 것은 무슨 까닭일까. 강물을 오염덩어리로 만들어 놓고도 제 잘못이 아니라고 떠들어대는 목소리가 더 당당하게 들린다. 논문을 표절한 학자가 자기는 모르는 일이라고 발뺌하는 목소리도 야마리다운 소리다. 부동산을 투기해서 부를 축재하고도 별것 아니라고 세우는 핏대는 그 얼마나 등등하던가. 낱낱이 파헤쳐지는 진실에도 당당한 얌체들의 목소리에 비한다면 매미의 요란은 오히려 애교스럽기까지 하다.

암컷 매미가 크고 우렁찬 소리를 가진 수컷 매미를 만나려면, 간혹 우는 가짜의 유혹에 넘어가지 않도록 유심히 살펴야 한다. 그래야 건강한 짝을 만나 튼튼한 후세를 남길 수 있다. 세상에 떠도는 온갖 풍문에도 비양심적이고 이기적인 목소리가 섞여 있다. 이런 얌치들의 허구를 잘 걸러내야 하겠지만, 그게 어디 만만한 일이던가.

여름의 품격이 매미 소리라면, 연신 귓속에서 간질여대는 매미의 속삭임은 나의 또 다른 풍미가 아닐까 한다. 이 매미가 내 안에 둥지를 튼 지는 꽤 오래전의 일이다. 저 느티나무의 매미처럼 요란하지 않으니 잊고 사는 경우가 대부분이지만, 시간을 가리지 않고 울어대는 것 또한 엄연한 현실이다. 내가 귓속의 매미를 처음 맞은 때는 가을 즈음이었다. 난데없는 매미 소리가 들리기에 옆에 있는 이를 보고 '매미가 어디서 울어 대냐.' 고 물었다가, 황당한 소리 한다며 면박을 받았던 씁쓰레한 만남이었다. 이래저래 시작은 별로 달갑지 않았지만 오랜 세월을 같이 하다 보니 이제 조용하면 오히려 궁금증이 생기는 지경에 이르고 말았으니 동반자로서의 격은 충분히 갖춘 셈이 아닐까.

늦은 밤은 매미와 나만의 시간이다. '윙윙' 오늘 하루 힘들었다고 위로해 주는 소리를 한다. '애애앵' 글 한 줄 제대로 쓰지 못했다고 투덜거리는 투정이다. '쓰르르르' 편한 길로 가라고 유혹하는 소리, '스렁스렁' 보는 사람 없으니 대충대충 하라고 꼬드기는 소리를 쉴 틈 없이 해댄다. 이런 불편함도 익숙해지다 보면 그리 나쁜 것만은 아니다. 귓속의 속살거림을 듣느라 가는귀 약간 멀었으니, 세상 돌아가는 소리에 어두운 것도 사실이다. 좋은 소식을 제때에 듣지 못할 경우도 있지만, 온갖 불량한 소리가 들리지 않게 내 귓속에서 앵앵거려주니 이 매미와 나는 역시 죽이 맞는 격이라고 해야 하지 않을까.

세상에서 일어나는 모든 일을 다 안다고 해서 꼭 좋은 것만은 아니지 않은가. 자의든 타의든, 때로는 귀를 닫고 사는 것 또한 한 가지 삶의 방편이 아닐까 한다.

물벼락

멀건 대낮에 수각황망한 물벼락을 맞았다. 사무실 앞 커피 자판기 관리원이 나에게 내린 때아닌 구정물 세례였다.

살다 보면 본의 아니게 어떤 일에 휘말리는 경우가 허다하지 않은가. 비록 우발적인 일이었다 하더라도 가해자나 피해자나 당황스럽기는 마찬가지다. 오늘 나에게 물벼락을 내린 어르신의 황당한 표정이 딱 그 모양이다. 길거리 자판기를 청소하면서 받아낸 허드렛물을 무심코 버린 것일 뿐인데, 하필이면 그때 내가 곁을 지나간 우연의 산물이었다. 그러니 다소 부주의한 탓이 있다 하더라도 가해자 격인 사람의 억울한 심정을 헤아리지 못할 바는 아니다. 그럼, 피해자인 나는 어쩌란 말인가. 길을 가면서 물벼락 맞을 채비를 하고 다니는 사람이 세상천지 어디에 있단 말인가.

어쩔 줄 몰라 쩔쩔매는 어르신을 보니 갑자기 웃음이 나왔다. 얼마 전 내가 저지른 실수를 수습하느라 마음 졸였던 생각이 겹쳐서였다. 소속 인원이 육백 명 가까운 단체의 연락책을 맡고 있다 보니 '사흘이 멀다'라고 경조사나 다른 일로 소식을 전할 일이 생긴다. 회원 집안의 부고를 메일로 보내는 날이었다. 한꺼번에 보낼 수가 없어 몇 번으로 나누어 보내다가, 어느 부분에서 엉뚱하게도 건강하게 잘 계시는 회원을 죽은 사람으로 둔갑시켜 메일을 발송하고 말았다. 즉각 알아차리기는 했지만, 이미 발송된 단체 메일이라 취소할 길도 마땅찮아 눈앞이 캄캄해 왔다. 부랴부랴 사과문을 보내고 사태를 수습하느라 진땀을 뺐던 내 모습을 누가 봤다면 꼭 이런 모습이 아니었을까.

가만히 있다가 불시에 사망선고를 받은 회원에게 아무리 전화를 해도 통화 중이라는 신호음만 들리니 애간장이 탔다. 이미 소식을 전달받고 있을지도 몰라서 더욱 안절부절못할밖에. 자그마한 실수도 아닌 무려 본인의 사망 소식이니 말이다. 우여곡절 끝에 겨우 통화가 되었다. "아이고, 죽을죄를 지었습니다." 다짜고짜 들이미는 말에도 이미 이해하고 있었던 듯, "아, 네. 방금 누가 알려줘서 들었어요. 오늘 좋은 일이 있으려나 보네요." 전화기 너머에서 들려오는 점잖은 중년 여인의 목소리였다.

거기에 비하면 이깟 물벼락쯤이 무슨 그리 대수일까. 받은 만큼은 아닐지라도 조금이나마 돌려줄 수 있으니 맞아볼 만한 물벼락이 아닌가. 더러는 실수도 해 가면서 그렇게 사는 게지. 허허.

자미화 피는 날

꼴지게를 지고 마을 어귀로 돌아드니 뒷산 무덤가의 배롱나무가 눈길을 끌어당겼다. 가마솥 같은 무더위를 오히려 즐기기라도 하는 듯 새빨간 꽃들이 자지러지고 있었다.

불여우처럼 토해내는 요사스러운 웃음에 홀리기라도 한 것일까. 미끄럼나무라고 불릴 만큼 매끈한 나무줄기를 타고 올라서는 꽃가지를 한 아름이나 꺾었다. 꽃다발을 받고 행복해하며 지을 그녀의 살가운 미소를 생각하면서. 모롱이를 돌고 들길을 가로질러 외톨이 집으로 돌아오는 내내 염소 꼴 더미 위에 얹힌 꽃묶음이 덩실덩실 어깨춤을 추고 있었다.

싱싱한 만찬을 즐기는 염소를 지켜보다 풀 무더기에 놓인 꽃다발을 안고 들어와서는 자랑스럽게 내밀었다.

"어머이, 이거."

"이 뭐꼬."

"보모 모리나, 꽃 아이가."

"………."

무작정 날아드는 부지깽이를 피해 달아났다가 저녁밥까지 거른 날이었다. 왜 그렇게 역정을 내었는지는 지금도 알지 못한다. 무엇이 어머니의 심사를 단번에 꼬이게 만들어버렸는지도 모른다. 다만 뒷전에서 한탄하듯 들려오던 아련한 말 한마디만이 앙금처럼 가슴에 남았을 뿐이다. "저놈이 에미 가슴에 불 지를 일 있나."

어둑할 무렵 살금살금 부엌으로 들어온 나는 원수 같은 부지깽이를 '와그작' 부러뜨려서는 아궁 깊숙이 집어넣어 버렸다. 어머니가 새벽부터 불 막대기를 찾아 허둥대는 고소한 상상을 곁들이며 아예 재까지 덮어버렸다. 아궁이 속에는 채 타다만 꽃다발이 그녀의 탄식처럼 시꺼멓게 그을려 있었다. 그 후로 배롱나무를 집으로 들여오면 가슴에 불이 붙는 줄 알고 꺾지도, 가지고 오지도 않았다.

철없던 시절의 그 날처럼 배롱나무가 온통 꽃 천지를 이루었다. 무진정 툇마루에 홀로 앉아 어지러이 흩날리는 꽃비에 젖어 든다. 아른아른 연못에 일렁이는 붉은 물결을 보고 있자니 마치 별세계에라도 들어선 양 몽롱해진다. 바람이 스칠 때마다 천의를 나부끼는 선녀의 춤사위와도 같이 꽃잎들 하느작거린다. 천상의 옥황상제가 거한다는 자미궁의 선경이 이러할까. 하늘나라의 정원에 피어있는 꽃이라는 의미로 도교에서는 이 배롱나무를 '자미화'라 부른다고 한다. 복사꽃이 무릉도원으로 들게 하는 인세와 연결된 꽃이라면, 자미화는 그대로 천상계의 꽃인 셈이다.

이리도 의미심장하고 상제님까지 좋아하는 꽃을 어머니는 왜 불구덩이 속으로 던져 버렸을까. '떠나간 임을 그리워한다'라는 꽃말을 알고서 나에게 매를 내린 것은 아닐 것이다. 그 열정적으로 휘감아 오르는 꽃잎 속에서 진즉에 돌아가신 아버지의 모습을 그려내어서도 설마 아닐 것이다. 자신에게 꽃단장은 당치않은 사치라고 여겼을지도 모른다. 어쩌면 이리저리 휘어진 줄기가 굴곡으로 점철된 자신의 삶을 보는 듯하여 싫었던 것은 아니었을까. 행여 구설에라도 오를세라, 특별한 날이 아니면 고운 옷조차도 입지 않은 어머니였다. 꽃 따위에 정신을 빼앗겨 허비하는 시간에 책이라도 보라는 노파심이었을 것이라고 그저 미루어 볼 뿐이다.

불현듯 떠오르는 매타작의 아릿함을 삭여보려 늙은 배롱나무 아래로 다가선다. 그리움이라는 향기가 물씬 안겨 온다. 꽃가지 하나를 꺾어 보려 손을 내밀다 멈칫 멈추고 만다. 아무리 어여쁘게 다발을 묶어본들, 나무랄 이도 때려 줄 사람도 이제는 가고 없으니 부질없는 일이다. 오늘 같은 날이라면 후려치는 부지깽이도 엄살 떨어가며 기꺼이 받아들일 수 있으련만.

어머니 무덤으로 오르는 길섶의 자미화도 지금쯤은 한껏 맵시를 부리고 있을 것이다. 당신의 잠자리에 생전에 멀리하던 꽃을 두었다고 자식들을 나무라실까. 인제 그만 미움을 내려놓고 꽃 누리의 향연을 즐기고 계실까. 아득한 나라에서 아버지를 만나 생전에 꿈꾸었던 사랑을 나누고 있을지 누가 알겠는가. 늦었지만 두 분이 다정히 손을 맞잡고 자미화 곱게 핀 자미궁의 돌담길도 거닐어 보기를 소망해 본다.

흰 뭉게구름 한 조각 주름진 어머니의 얼굴이 되어 배롱나무 위에서 내려다본다. 청상이라며 쑤군대는 뒷말과 홀어미라는 고된 이름을 운명처럼 받아들였던 그녀의 삶이었다. 자기 줄기는 아무리 꺾이고 굽었을지언정 그 가지만큼은 오롯하기를 바랐던 염원이 환청처럼 들려온다. 구름, 나무를 떠나며 '부모로서 인연의 길' 걸었을 뿐이라 한다. 또 다른 구름 하나 흘러오며 '너도 이미 부모' 라고 말해 준다. 하아아~, 과연 나는 당신이 한눈팔지 않고 걸었던 그 사랑의 길을 반쯤이나마 헤아리고 있기나 한 것일까. "어머이, 나 지금 제대로 살고 있는 거 맞습니꺼." 뜬구름 말없이 멀어져 간다.

오늘처럼 자미화 흐드러진 날, 매끈하게 치솟은 저 가지 하나 꺾어다가 지팡이라도 만들어 드렸으면 좋으련만. 시큰, 등짝이 아려온다.

2

자미화 피는 날

어렵다 어려워

버마재비라는 녀석이 책상머리를 차지하고서 주인 노릇을 하려고 덤빈다. 아직 다 성숙하지 못한 어린 녀석이다. 두어 번의 탈피 과정을 더 거쳐야 어른으로 자랄 수 있으리라. 그래도 제 딴에는 곤충계의 제왕이랍시고 꼿꼿이 버티고 선 자태가 사뭇 당당하다.

사무실이 아파트 화단과 이어져 있으니 의도했건 아니건 곤충들이 자주 출몰한다. 실잠자리가 주인 몰래 슬쩍 들어와서 알자리를 만드는가 하면, 파리매도 수시로 들락거린다. 나비와 매미는 물론이고 방충망이 없는 탓에 모기는 부지기수다. 작년 여름에는 호리병벌이 창틀에다 호리병처럼 생긴 다가구주택을 지어 분양하기도 했다. 사마귀의 입장에서 보자면 훌륭한 사냥터가 될 법도 한 곳이기에 무단으로 침입했다고 무작정 나무랄 바도 못 된다. 단 하나 녀석이 간과한 것이 있다면 주인 된 자의 못된 성깔머리이리라.

내가 아무리 동식물을 좋아한다고 해도 다른 곤충을 아귀처럼 먹어대는 사마귀나 독침으로 무장한 벌들하고는 사무실을 나누어 쓰고 싶지 않다. 그러니 침입한 놈들을 차마 때려잡지는 못하고 눈에 뜨이는 족족 밖으로 내몰아 버린다. 창을 벗어나기만 하면 저들이 얼마든지 자유롭게 오가며 활동을 할 수 있는 화단이 있기 때문이다. 이런 나의 마음도 몰라주고, 내몰면 내몰수록 녀석들은 점점 더 구석진 자리로 숨어든다. 책이나 부채가 만들어 주는 길을 따라 모르는 척 나가주면 오죽이나 좋을까,

눈앞의 녀석이 제아무리 고개를 뻣뻣이 치켜들고 유세를 떨어봐야 내치는 것은 식은 죽 먹기만큼 쉬운 일이다. 그냥 엄지 검지로 쓱 집어서 두어 걸음 옮겨 던져버리는 일이 뭐가 그리 대수로울까. 그런데도 오늘은 둘이서 벌이는 눈싸움이 제법 길어진다. 저 녀석을 쫓아내려 선뜻 손을 내밀기가 망설여지는 까닭이다. 버마재비는 사냥으로 살아가는 육식성이다. 바꾸어 말하자면 다른 곤충의 주검으로 제 배를 채운다는 말이다. 나에게야 아주 작고 보잘것없어 보이지만, 막상 먹잇감이 되는 곤충에게는 지옥의 야차와도 같이 무서운 존재가 아니겠는가. 이러니 때아닌 갈등에 요리조리 고개만 꼬면서 망설이는 것이다.

살다 보면 무심결에 한 행동이나 말 한마디가 타인에게 뜻밖의 영향을 끼치는 경우가 종종 있다. 선의를 가지고 행한 일일지라도 결말까지 반드시 좋게 나타나는 것은 아니다. 때로는 전혀 의도하지 않은 엉뚱한 결과에 당황하기도 한다. 얼마 전까지 제법 규모가 있는 문학회의 연락책을 맡고 있었다. 그러니 문우들의 주소나 연락처에 대한 문의도 자주 들어온다. 어느 날 어떤 회원이 또 다른 회원의 바뀐 전화번호를 알려달라는 요청을 해 왔다. 그리 어려운 일도 아닐뿐더러 심심찮게 있는 일이라 흔쾌히 가르쳐주었다. 달포나 지났을까. 전화번호를 알려줘서 곤란한 일에 휘말리게 되었다는 하소연 담긴 항의성 전화를 받았다. 그분에게 미안하기도 하고 속이 상하기도 했다. 그렇지만 허락 없이 알려준 잘못도 있으니 할 말이 없기도 했다. 누구의 잘잘못이 문제가 아니라 세사가 꼭 내 의도대로 흘러가는 것이 아니라는 이야기다. 허물없이 살기가 결코 쉽지 않다는 생각이 절로 드는 날이었다.

오늘 이 버마재비를 고이 내보내 주었으니 한 생명을 건졌다고 뿌듯해할 수 있을까. 내일이면 내가 살려준 녀석이 메뚜기와 잠자리를 산채로 씹어 삼키는 모습을 볼 수도 있는 일이다. 이것이 선행일까 죄악일까. 물론 생태에서 선과 불선, 의식과 무의식을 찾을 필요는 없다. 자연에서 일어나는 일을 인간의 잣대로 재단할 것은 아니지만, 그래도 나름대로 존귀한 생명이 아닌가. 내 딴에는 선의로 보내주었지만 그로 인해 희생되는 나비의 죽음은 또 어떻게 해

명해야 한다는 말인가.

한참을 궁리한 끝에 참으로 편리한 변명 하나를 생각해 내었다. 삶도 죽음도 저들의 일부일지니 운명이라 여기며 마음이 시키는 대로 내보내 주기로 했다. 녀석이 내 눈에 뜨인 것도 제 운이 아니겠는가. 몸통을 붙잡으러 슬그머니 손을 내민다. 날카로운 앞발로 위협하며 반항하던 녀석이 손길을 거부하며 펄쩍 뛰어 책상 아래 어딘가로 숨어 버렸다. 이것 또한 제 팔자이리라. 사실 밖으로 내보내졌다 한들 제 녀석이라고 까치에 잡아먹히지 말라는 법도 없지 않은가.

세상사, 저나 나나 어렵다 어려워.

2
자미화 피는 날

그림자 없애기

단풍나무 그림자가 사무실로 늘어졌다. 햇빛이 들어오는 딱 한 계절, 여름날 해거름쯤에야 즐길 수 있는 흔치 않은 호사다. 책상을 타고 오른 그림자가 바르르 흔들린다. 몸짓으로나마 꼭 전하고 싶은 말이라도 있는 모양이다.

당연한 이야기지만 그림자와 빛은 언제나 함께한다. 빛이 강하면 그림자가 짙어지고 빛이 움직이면 그림자도 따라 움직인다. '반드시'라고 해도 과언이 아닐 동행 관계가 그들이 같은 형편에 처해 있다고 착각하는 원인이 되기도 한다. 그렇지만 실제로 이 둘은 영원히 만날 수 없을뿐더러 완전한 대척 관계이기도 하다. 그림자는 어떤 물체에 의해 빛이 가로막힌 결과물로 나타나는 '현상'이기 때문이다. 이 어떤 것의 실체는 형태가 고정되어 있지도, 억지스럽지도 않아 지극히 자유로우나 어디에든 물질로 존재하고 있다.

물상이 있는 사물에만 그림자가 생기는 것은 아닌 성싶다. 사람에도 빛과 그림자에 해당하는 심상이 존재한다. 누구에나 도달하고 싶은 구극의 이상이 있지 않은가. 그 끝은 아득히 멀지만 내 이성이 언제나 갈망하는 곳이다. 그 궁극이 빛이라면 인생사의 갖가지 번뇌는 그림자에 해당한다고 할 수 있지 않을까. 이데아를 향해 나아가려는 생각이 자아라고 하는 장애를 만나면서 고뇌의 그림자를 만들어 낸다. 인간사의 고민은 나를 아는 데부터 시작된다고 하지 않았던가. 자아는 나, 내 것이라는 인식이 생기는 순간 생성된다. 그러니 이 자아는 인간만이 가진 행운이자 번민의 씨앗인 셈이다.

본능은 자아가 아니다. 아이가 태어나면서 우는 것은 자의식이 아니라 숨 쉬려는 본능에 의한 결과일 뿐이다. 나는 아직도 어린 날의 기억 하나를 생생하게 간직하고 있다. 어느 여름날 소나무 밑에 퍼질러 앉아 고누를 두고 있었다. 개미라는 녀석들이 이리저리 돌아다니다 몸으로 기어올랐다. 몸이 저절로 반응해서 손바닥으로 문질러서 죽여 버렸다. 눈을 돌려보니 땅바닥은 개미 천지였다. 그때부터 대학살이 시작되었다. 뿌리 틈으로 뚫린 개미굴 입구를 지키고 앉아 들락거리는 족족 고무신 바닥으로 두들겨 죽였다.

시꺼먼 사체가 소나무 아래에 가득했다. 친구들도 말리기는커녕 같이 즐겼다. 누구도 나쁜 짓이라고 인식하지 못했으며 그저 재미라고 생각했다. 곁을 지나던 어른이라도 있었으면 혼쭐이 날 일이었지만.

사람들은 자아에 의해 만들어진 그림자를 자기의 정체성이라고 오해하고는 한다. 개인의 주관과 확신은 지극히 개인적일 뿐이다. 그런데도 제 원하는 바가 진리라고 믿으며 관철하려 한다. 그래서 괴로움이 생긴다. 이상과 현실의 괴리라는 미로에 빠져 헤매는 것이다. 이 미몽에서 깨어나지 못하면 영원히 그림자 속을 벗어나지 못한다는 말과도 다르지 않다.

그림자를 없애는 방법은 두 가지가 있다. 그중 하나는 빛을 차단하는 방법이다. 별스레 어렵지도 않다. 지금 당장 책상 위에 만들어진 이 그림자는 창문을 살짝 닫음으로써 없앨 수 있듯이, 그저 가림막 하나를 만들면 된다. 그러다 어둠에 조금 익숙해지면 다시 그림자가 보이게 될 것이며, 또 한 겹의 차광막을 겹쳐야 한다. 우리 눈에만 보이지 않을 뿐이지 빛이 없는 곳이 어디 있는가. 저 칠흑 같다는 우주도 사실은 온통 빛의 천지인 것을. 가리고 가리는 것은 고민의 더께만 더할 뿐, 임시방편에 불과한 셈이다. 이를 두고 '무지'라고 한다고 했던가.

또 하나의 방법은 맑아지는 길이다. 이 길은 멀고도 험난하다. 수시로 돌보고 스스로 닦아내지 않으면 금세 오염되기에, 언제나

바른 마음, 바른 자세로 일관해야 한다. 아무리 투명하다 하더라도 빛은 물질에 닿으면 파장이 달라져 그림자가 생기기 마련이다. 눈에 보이지 않는다고 종적이 없는 것은 아니다. 투명하게 하는 것은 자아의 근본을 아예 없애려는 기초 작업에 불과하다. 갈고 또 닦으면 아무리 단단한 금강석일지라도 언젠가는 닳아서 없어진다. 빛을 가로막는 근본이 없어지면 그림자는 저절로 없어지게 된다. 우주가 암흑인 것은 빛이 없어서가 아니라 그 빛에 부딪히는 실체가 없기 때문이다.

인간이 욕망을 가진 한, 고뇌는 계속될 것이다. 빛을 가려 그림자를 없애려 하는 것은 '눈 가리고 아웅 하는 격' 이나 다를 바 없는 일이다. 투과시켜 없애려 하는 것은 늘 내려놓고 버려야 하기에 더더욱 힘든 길이다. 오늘 잠깐 다가온 이 생각조차도 끊임없이 씻어내지 않으면 흐릿해지기 마련일지니.

학문적으로 깊이 연구하거나 수양하는 일만이 궁극에 도달하는 길이라고 말할 수 있을까. 필부의 길이거나 수행자의 길이 무엇이 다르겠는가. 마음의 짐을 내려놓는 방법을 찾아가기는 이나 저나 매한가지인 것을.

2
자미화 피는 날

여름나기

에어컨 바람을 사러 갔다. 선풍기만으로는 찜통더위를 견디다 못해 핑계 삼아 앞 사무실로 피서를 하러 간 것이다. 염치없이 문을 두드리고는 "바람 좀 사러 왔다" 했더니 시원한 냉커피까지 덤으로 얹어준다.

어릴 때는 더위를 피하기는커녕 바닷가에서 멱을 감으며 시간 가는 줄 모르고 놀았다. 그조차 싫증이 나면 둑에 앉아 알몸 그대로 볕 바라기를 했다. 그러니 피부가 견뎌낼 재간이 있었겠는가. 한 해에 대여섯 번은 족히 등껍질을 벗겨내었지 싶다. 동무들은 서로 돌아앉아 가며 등 허물을 벗겨 주었으니 당연히 허물없는 사이가 되었다. 해거름이 되면 풀 무더기를 모아서는 모깃불을 놓았다. 평상 위에 드러누워 마시는 매캐한 연기에 취하고, 별똥별이 흐르는 밤하늘을 보며 여름밤을 보냈다.

어른들이라고 별스레 다르지 않았다. 더위를 피할 수 있는 것이라고는 나무 그늘과 부채 정도가 전부였다. 굳이 더하자면 쉬지 않고 울어대는 매미 소리와 발간 꽁지 고추잠자리, 멋스럽게 하늘로 치솟는 제비의 날갯짓을 보며 잠시 잊는 것도 한 가지 방법이었다고나 할까. 농사꾼들은 따가운 햇볕을 받으며 벼가 자라는 들판을 흐뭇하게 바라보았다. 날이 무더운 만큼 곡식에는 그보다 더한 보약이 없으니 염천이 오히려 반갑게 여겨졌을 법도 하다. 흐르는 땀방울은 노력을 보상받는 과정이니 부러 삭여야 할 필요가 어디 있었겠는가.

시내 골목이나 빌딩 앞을 지나다 에어컨의 외부 장치에서 내뿜는 후끈한 열기에 종종 놀라고는 한다. 문명의 이기로 더위를 쫓아내려다 만들어낸 역효과다. 자연 바람을 맞으러 창을 여는 것이 아니라, 냉기라도 빼앗길까 하여 더 꽁꽁 닫아거는 우스운 꼴이 되고 말았다. 더위를 '순응할 자연이 아니라 반드시 극복해야 하는 장애물'로 생각하는 탓이다. 풍요가 낳은 모순이리라.

더위는 받아들이는 마음에 따라 즐거움이 되기도 하고 짜증스러움이 되기도 한다. 마치 파릇한 들판을 바라보는 농부의 마음과 잠시를 참지 못해 바람을 사러 간 내 경망스러움처럼. 슬쩍, 주인장 몰래 책상머리에다 백 원짜리 하나를 놓고 나왔다. 그래도 "바람 값은 한 것이여."

이 여름에는 몸이 마음에 순응하는 법이나 궁구해 보아야겠다.

3부

네놈이 나이테를 알겠느냐

3

네놈이 나이테를 알겠느냐

가을은

가을은, 가을은 지긋이 바라보는 일이다. 탄성 질러가며 낯선 계곡을 헤매는 호들갑이 아니라 낙엽 하나를 가만히 응시하는 것이다. 가을걷이 끝난 밭둑에 홀로 서서 마지막 타오르는 해거름의 발간 노을을 온몸으로 맞아 보자. 피멍처럼 새겨진 지나온 날의 상흔을 숨죽여가며 들여다봄이야말로, 이 가을에 내가 해야 할 일. 스러져 가는 계절에 부러 손 흔들지 않아도 단풍잎은 절로 붉을 테니까.

가을은 조용히 귀 기울이는 것이다. 밤새도록 자지러지는 귀뚜라미의 애가를 들어 보자. 풀숲을 헤집어가며 애써 연주자를 찾을 필요는 없다. 점점 더 사무쳐 오는 가락에 취하는 것만으로도 이별의 상처는 쓰라리고 쓰라리다. 이리 무서리가 내린 뒤로도 더 불어 대어야 하는 떠날 수 없는 자의 구슬픈 하모니카. 석별의 검은 가락을 굳이 소리 내어 되뇔 필요도 없다. 하나씩 늘어나는 흰 머리카락을 헤아려 가는 것만으로도 벅차지 않은가.

가을은 향기를 찾는 것이다. 동글동글한 탱자가 여물어 가는 냄새다. 서리 맞은 고욤이 전하는 별리의 전조가 온 누리로 퍼져나가는 저녁나절. 볏짚 태우는 매콤한 그리움을 가슴 깊이 들이켜 보자. 좁다란 골목 입구를 지키는 저 금목서가 뿌려대는 고별의 내음을 나만 알지 못한 것일까. 황금빛 융단 위에 짓이겨진 은행 알갱이가 피워 올리는 구린내의 진실. 이제 과육 속에 숨겨진 운명의 씨앗을 토해내어야 할 때다.

가을은 음미하는 것이다. 깊고 깊은 우물물의 맛없는 맛을 건져 보자. 목구멍을 타고 흐르는 고량주의 짜릿함이 아니라, 언뜻 뱃속에서 뜨끈하게 치오르는 막걸리의 웅숭깊은 맛이다. 세사의 고뇌야 색동옷 고운 딱새가 목마름 달래듯 잠깐 하늘 한번 우러르면 그만일 터. 메마른 샘 속에서 퍼 올린 허무의 맛이란, 누렁소가 되씹는 풀 무더기의 들큼함과 그리 다르지도 않으리니.

가을은 끌어안는 것이다. 개쑥부쟁이가 보랏빛으로 물들인 밭두렁에 홀로 남은 허수아비. 팔이 아프도록 내쳤던 그네들이 새삼 보고파진다. 산그늘 따라 슬금슬금 다가오는 어둠의 그림자. 노루꼬리만큼 남아있던 낮달마저도 이지러져간다. 누더기에 밀짚모자

삐딱이, 양팔 휘저으며 배고픈 참새에 부리던 거드름이여. 가을은 부끄럼조차 끌어안는 일이다.

가을은 풀어놓는 것이다. 우수수, 나뭇잎 떨어질 때마다 물 동그라미 겹으로 쌓인다. 아무리 커다란 번뇌의 파문도 호수를 온전히 채우지는 못한다. 번져 나아가다 새로이 만나고, 서로 부딪히다 오히려 잔잔해진다. 세상사 고난 없기를 바라는 만큼 부질없는 일이 또 어디 있을까. 물 위에다 띄워두면 절로 고요해질 터인데. 얽히고설킨 현실의 타래 또한 시간이라는 만능열쇠가 풀어놓지 않겠는가.

가을은 쉬엄쉬엄 걷는 것이다. 개울가에 퍼질러 앉아 너부러져 있는 억새의 하소연에 맞장구쳐보자. 흘러가는 흰 구름도 한 바가지 들이켜 보자. 고추잠자리 앞에서 손가락을 뱅뱅 돌려도 보고, 멧비둘기에 '훠이' 심술도 부려 보자. 한 자락 더 가지려 길길이 날뛰다 이리 자빠진 게 아니냐. 해 저물고 낙엽마저 떠나는 늦가을인데 재촉할 게 무어 있나. 쉬엄쉬엄, 띄엄띄엄, 뚜벅뚜벅 가노라면 저절로 만나질 끝 길인 것을.

가을은, 가을은, 가을은 가만히 놓아두는 것이다. 다 팽개쳐놓고 걷노라면 언젠가는 길섶에서 방긋 웃는 구절초 한 송이도 만나게 되겠지.

3
네놈이 나이테를 알겠느냐

네놈이 나이테를 알겠느냐

오래된 느티나무의 썩은 흉터에 강아지풀이 집터를 장만했다. 제법 널찍한 터전이라 쌓인 흙과 거름이 푸새 하나 먹여 살리기에는 모자람 없다. 아무런 방해꾼도, 간섭할 무엇도 없는 안락한 독채다. 햇빛이 조금 모자랄까 싶기는 해도, 아침나절 잠깐은 고스란히 독차지할 수도 있고 나무가 간간이 틈을 벌려 편의를 봐주기도 한다. 긴긴 장마를 지나 한여름 불볕더위 끝자락에 이르니 열매가 토실토실하게 부풀어 오른다. 그 생김새가 말 그대로 강아지의 복슬복슬한 꼬리를 닮았다. 그래서 강아지풀이고 개꼬리풀이다.

장난감이 없던 시절에 개꼬리풀은 시골 아이들의 좋은 놀잇감이었다. 모가지를 꺾은 이삭의 꼬랑지를 살살 꼬집어 애벌레처럼 꿈틀꿈틀 기어 다니게 하며 놀았다. 또 길고 부드러운 잎을 두 엄지 사이에다 끼우고 입으로 불어 새소리를 흉내 내었다. 그 가늘고도 뾰족한 풀잎피리 소리는 동무를 청하는 우리들만의 신호이기도 했었다. 앞서가는 이의 바짓가랑이 사이에다 슬쩍 밀어 넣어 놓고는, 영문 모르고 사타구니를 긁어대는 친구를 보며 혼자 실실거리는 일 또한 드문 일이 아니었다. 그도 저도 싫증나면 불에 그으려 알곡을 손바닥으로 비벼 먹기도 했다. 물론 간에 기별도 오지 않는 그야말로 심심풀이였었지만.

나락 누름이 시작되는 황금빛 들판을 보다가 강아지풀이 흥취라도 일은 모양이다. 가지 사이를 지나는 바람을 타고 간들간들 혼자 춤을 춘다. 높다란 곳에 서서 발아래 제 동무들을 내려다보며 놀리기라도 하는 양 헤살거린다. 너희들은 평생 커봐야 내 발치에도 못 미칠 뿐이라고 으스대는 품새다. 일찍 떨어진 낟 곡 몇 개로 개미를 꼬드겨 잔치를 벌이며 거들먹거리는 꼴이 마치 정승판서라도 된 듯하다. 느티나무 높이가 제 키라도 되는 것처럼 이웃하고 있는 산수유나무를 빗뜨며 키재기를 한다.

느티나무에 목말 타고 앉아 천방지축으로 촐싹대는 강아지풀을 보고 있노라니, 장자에 나오는 이야기 하나가 생각난다. 황하를 다스리는 신, 하백은 제가 세상에서 가장 잘난 줄 알았다. 강물이 온 대륙을 가로지르며 뭇 생명을 키워내니 어쩌면 당연한 생각이었는지도 모른다. 가을철에 큰비가 내려 물이 황하로 흘러들었다. 어찌

나 많았던지 그 너비가 건너편 언덕의 말과 소를 구별할 수 없는 정도가 되었다. 기분이 좋아진 하백이 호호탕탕하게 파도를 타고 동쪽으로 내달았다. 이윽고 끝자락 북해에 이르렀을 때 이상한 현상을 보게 되었다. 커다란 강에서 마구 쏟아져 나오는 물이 흔적도 없이 사라져버리는 것이었다. 게다가 물을 삼킨 바다는 그 끝이 보이지 않았다. 그때야 하백이 제 오만함을 깨닫고 한탄하며 북해의 신, 약에게 배움을 청했다.

약이 말하기를 "우물 안의 개구리에게 바다에 대하여 이야기해도 알지 못하는 것은 공간을 구속당하고 있기 때문이다. 여름벌레가 얼음에 대해 모르는 것은 시간의 제약을 받기 때문이다. 또 비뚤어진 선비에게 도를 논해도 듣지 않는 것은 지식에 속박되어 있기 때문이다"라고 말했다. 당신의 강이 아무리 넓어도, 황하가 아무리 굽이쳐도, 그대의 물이 모든 걸 품어도, 더 크고 더 높은 곳에서 보자면 하잘것없을 뿐이다. 그러니 무엇에도 한계를 두지 말라는 이야기가 아니겠는가.

흉금 넓은 느티나무가 보다 못해 '꽁' 하고 꿀밤이라도 한 방 먹인 모양이다. 겁 모르고 날뛰던 강아지풀이 어느 사이엔가 시무룩해졌다. "요 녀석아, 네가 아무리 높은 곳에 섰다고 날뛰어도 한 바가지 물만 아는 웅덩이 속의 송사리고, 평생을 살아도 눈보라를 볼 일 없는 여름철의 매미와 같은 신세일 뿐이다. 네놈이 머리 꼭대기에서 호시탐탐 알곡 터지기만 기다리고 있는 참새를 보았겠느냐, 몇백 겹으로 쌓아놓은 내 나이테를 알겠느냐."

"사방의 바다가 끝이 없어 보이나 하늘과 땅 사이에 존재하는 크기를 헤아려 보면 큰 연못 가운데에 난 소라 구멍 정도에 불과하다." 약의 말씀이시니라, "이놈아."

3
네놈이 나이테를 알겠느냐

낙엽을 위하여

달은 하늘에 있을 때보다 물속에서 더 요요하고, 삶은 집착하기보다 풀어놓을 때 여유롭다고 하지 않았던가.

단풍잎, 그대는 어떠한가. 한걸음, 한걸음 조여 오는 죽음의 그림자가 느껴지지 않는가. 평생을 한 가지에 얽매여 살았으니 이제 자유를 위해 새로운 길을 찾아 나서 보지 않으려느냐. 목표도, 방향도 정하지 말고, 거리도 정하지 말게나. 어느 대로를 가로지르든, 어떤 후미진 숲속에서 오들거리며 밤을 지새우든 그 흐름의 결을 따라가 보시게. 어차피 어느 낯선 길섶에 주저앉아 썩어들어가는 것이 그대의 마지막 소명이 아니었던가.

인연, 태초에는 있음과 없음이 어지럽게 뒤엉켜 있었다. 본시 인연이란 강변의 수많은 모래 알갱이 중 몇 알이 우연히 같은 빗방울을 맞아서 한 덩어리로 엮이는 일과 다를 바 없다. 뭉친 모양이 둥글게 될지 모날지는 순전히 그 어울림의 '관계'에 의해 결정된다. 우리는 관계가 얽혀서 만들어진 결과물을 '인연'이라고 부르지. 지난해에 나무와 어우러지게 된 연으로 너는 잎이 되었다. 운명이 아닌 인연으로. 잎눈으로 태동하기 전, 겨우 이어진 사슬 하나는 탄생을 장담할 수 없는 그저 혼돈의 기운이었다. 모진 눈보라와 추위라는 실증을 거쳐서 어느 봄날, 어느 봄비를 머금고, 어느 햇살을 만나 이 나무, 이 가지의 일부가 되었지.

연두, 연두는 세상에 고개를 내밀고 참았던 숨을 내뿜는 순간의 희열이다. 어떤 기운이 또 다른 기운을 만나 엮인 관계가 방향을 낳아서 형태가 되었다. 나무가 품었던 영기에서 시작된 작은 눈이 꽃으로, 또 잎으로 모양을 바꾸었다. 같은 근원에서 시작했지만, 각각의 모습으로 탄생하게 된 것이다. 애초에는 무엇으로 될지 변화의 방향이 정해져 있지 않았으나, 관계가 개입되면서 고정된 형상으로 드러났다. 상이 결정되면 변화의 폭이 확연히 줄어들 수밖에 없다. 잎은 잎으로서, 꽃은 꽃으로서 각각에 알맞은 '역할'을 가지게 되기 때문이다. 이때는 부피가 달라지는 외, 외형의 변화는 지극히 힘들다. 마치 오동잎이 점점 커지고 연두에서 초록으로 시나브로 굳어져 가지만 그 기본 모양이 변하지 않는 것처럼.

시련, 살아간다는 일이란 시련을 견딘다는 말과도 크게 다르지 않다. 시련은 누구에게나 닥쳐오지만, 아무나 다 이기는 것은 아니다. 더러는 도태라는 소멸의 길을 걷기도 하고, 절망에 몸부림치며 스스로 손을 놓아버리기도 한다. 이김이란, 그런 험난한 과정을 겪어오면서도 여태 남아있다는 사실을 말한다. 그저 살아남은 것이 아니라 지독히도 오래 견딘 것이다. 그런 과정을 거치며 더 질겨지고 두꺼워진 이파리의 실체가 마치 '살아있다' 라는 것에 대한 본질인 것처럼 착각하기도 한다. 하지만 본질이란 허황한 단어에 지나지 않는다. 고정되어 있지 않았던 인연의 '관계' 에 의해 만들어진 물체의 '역할' 이 있었을 뿐이다.

두려움, 잎으로 태어난 줄을 처음으로 인식했을 때는 '과연 견뎌낼 수 있을까' 라는 의문이 먼저 밀려왔을 것이다. 삶을 시작하기도 전에 의무와 책임이라는 전의식이 태산처럼 앞을 막아섰던 셈이지. 그것을 무너뜨리고 넘어서야 한다는 강박의 정체가 바로 두려움이다. 가을이 깊어 갈 즈음에는 초조가 나타났다. 이별과 죽음이라는 단어가 가까이 다가올수록 회피하고 싶은 마음이 강해졌다. 그것은 더 큰 두려움이었다. 죽어가는 과정에 대한, 존재의 소멸에 관한, 미지 세계의 불확실이 발현해 내는 현상계의 표출이다.

미련, 여태 살아 온 하루하루가 모두 소중한 날들이었다. 오늘에 이르기 위해 건너온 과정이 험난할수록 안타깝고 더 애착이 생기기 마련이다. 이제 파고를 거의 다 넘었기에 순탄함만 남았다고 여긴다. 조금 '더' 힘을 낸다면, 한 발자국만 '더' 내디디면, 하나만 '더' 가지면 완전할 수 있다는 착각이다. 이제부터 시작이라는 마음 작용은 그 한계를 모른다. 끝없이 '더'를 향해 나아가고자 부추기는 것이 미련의 역할이다.

이유, 마음의 준비가 덜 된 탓도 있다. 내 잎을 좀 봐, 아직도 새파란데. 색색 고운 단풍 구경은 하고 가야지. 서리는 어떻게 생겼을까. 저 나뭇가지 끝에 달린 것들도 다 가야 할 것들이 아닌가, 그런데 왜 나만 먼저 가야 해. 아직은 아니야, 못다 한 것들이 얼마나 남았는데. 내가 없으면 나무는 어떻게 살아.

도피안, 자연의 순리가 그러하다. 고울 때 떠나리라. 관계의 사슬은 언젠가는 풀어 헤쳐지기 마련이지. 유는 무가 되고 무는 유가 된다. 그렇다고 유와 무는 분리되어 있는 것도 아니야, 서로 공존하며 상생하거든. 죽는 것보다 변하지 않는 것이 더 무섭지. 물질의 총질량은 불변, 다만 그 형태가 다르게 나타날 뿐이야. 무릇 생명이 있는 것들이란 언젠가는 가야 한다는 것을 알았으니 지금이 그때라. 또 다른 인연이 기다릴 테니.

지락至樂, 장자의 처가 죽었다는 소식을 듣고 친구 혜자가 조문하러 갔다. 그때 장자는 편안하게 다리를 뻗고 앉아 동이를 두드리며 노래를 부르고 있었다. "자네, 너무 심하지 않은가." 장자가 말하기를 "나라고 어찌 슬픔이 없었겠는가." "하지만, 그가 태어나기 이전을 생각해 보니 본래는 삶도, 형체도, 기운도 없었던 것이었네. 혼돈 속에서 기운이 생겨나고, 기가 변하여 형체가 되었으며, 그 체가 변화를 일으켜 삶이 된 것이네. 지금은 그것 또한 변하여 주검으로 된 것일 뿐이네. 이것은 봄, 여름, 가을, 겨울의 이치와 같은 것이라. 그 사람은 하늘과 땅이라는 거대한 방 속에서 편안히 잠들고 있는 것일세."

낙엽, 이제 그대 떠나온 곳으로 돌아가느니. 무지개를 쫓아가는 아이처럼 더할 나위 없는 즐거움으로.

3

네놈이 나이테를 알겠느냐

내 머리가 어때서

책상 앞에 앉아서도 연신 거울을 기웃거린다. 요즈음 들어 더 듬성듬성해진 듯 보이는 머리카락 때문이다.

술자리라는 것이 으레 이 사람 저 사람 만나고 또 안면을 트는 곳이다. 맛있는 전어를 주문해 놓았다는 문우의 연락에 구미가 동했다. 꼭 무슨 일이 있어서가 아니더라도 퇴근 무렵이 되면 슬슬 전화통을 쳐다보는 것이 주당의 버리지 못할 습성이 아닌가. 가을철 별미 안주가 있다는데 마다할 이유가 없는 것이다.

웃고 떠들며 몇 번의 술잔이 서로 오갔다. 자주 만나는 문우도 있었고 처음 대하는 이도 있었다. 아무려면 어떤가. 따지고 보면 모두 글공부하는 사람들인 것을. 안주가 반쯤으로 줄어들 무렵 뒤

늦게 또 한 사람의 주당이 합류했다. 아는 이들끼리 먼저 인사가 오가고 초면인 나는 마지막 순서였다. 드디어 내 차례가 되어 악수를 청하자 대뜸 아는 체를 한다. 저쪽은 나를 아는데 나는 생판 처음이라 약간 당황스러웠다. 그래도 어쩔 것인가. 얼큰해진 술기운을 빌어 어떻게 아느냐고 대놓고 물어볼밖에.

"아, 예, 직접 뵙는 것은 처음이고요, 딱 보니 알아보겠습니다."

이 무슨 엉뚱한 말인가. 내가 무슨 유명 인사도 아니고 방송국에는 근처라도 갈 일이 없는 사람을 한눈에 알아보다니. 더 무안한 표정을 짓는 내가 재미있어 보였던지 한 차례 너털웃음을 터뜨리고서는 문학 행사의 단체 사진에서 보았다는 것이다. 갈수록 태산이라더니 무슨 손바닥만 한 사진 한 장 보았다고 초면인 사람을 단박에 알아본다는 말인가. 이어서 하는 말이 더욱더 가관이다. 그 사진에서 '가장 눈에 뜨이는 사람'이었다니 기가 막힐 노릇이다. 그러고는 커다란 비밀이라도 알려주는 양 "선생님의 머리가 어찌나 빛나던지 오늘 뵈니 바로 알겠습디다."

사실 나는 내 머리가 그렇게 남의 눈에 뜨이는 줄 모르고 살았다. 머리숱이 밥 먹여 주는 것도 아니거니와 더러 비슷한 사람도 있어 크게 신경 쓰지 않고 지냈다. 구태여 감추고 싶은 생각이 없으니 어떤 처방이 좋다고 하는 이야기를 들어도 시큰둥하게 지나쳤다. 모자 역시 써 버릇하지 않아 불편하거니와 태가 나지도 않으니 잘 쓰지 않는다. 나보다 오히려 남들이 더 나서서 "이렇게 해

보시오", "저렇게 해보시오"하고 안달을 한다. 그러거나 말거나 한 쪽 귀로 흘려버리는 것이 제멋에 사는 사람들의 비딱한 고집 중 하나가 아니었던가.

하루는 어떤 분이 나를 보고 "강 선생, 굶어 죽지는 않겠어요" 라고 농담 어린 이야기를 한 적이 있다. 연유인즉슨, 관상학적으로 대머리는 부지런한 사람이라는 것이었다. 그러면서 가져다 붙이는 비유가 참으로 희한하다. 길거리에서 빌어먹는 사람 중에 대머리를 보았냐고 묻는다. 그 말을 듣고 곰곰 생각해보니 정말로 못 본 듯도 하다. 또 덧붙여서는 서울역 앞의 하고많은 노숙자 중에도 민머리는 거의 없다는 것이다. 나야 서울까지 갈 일이 잘 없는 사람이라 알 턱도 없지만, 나중에라도 가게 되면 자세히 보기는 하겠노라며 맞장구를 쳐 주었다. 농으로 한 이야기지만 나쁘지 않다는 데에야 기분 상할 일도 아니니 같이 웃으며 얼버무리고 말았다.

사람마다 생각하는 바가 다르니 나는 맨머리에 대하여 예사로 생각하는 데 그렇지 않은 사람도 더러 있는 모양이다. 가발을 쓰기도 하고 약을 처방받아서 먹는 사람도 주변에 여럿 있다. 민간요법으로 약물을 만들어 바르거나 미용실에서 정기적으로 관리를 받는 사람도 있다. 사람들과 접촉이 잦은 일을 하는 경우에는 모발을 심기도 한다는 이야기를 들은 적도 있다. 나름대로 불편을 느끼거나 필요 때문에 하는 일이다. '그렇게라도 해야 한다'라는 처지에서 보자면 나는 천하태평인 셈이다. 나의 민둥한 두상을 바라보는 상대의 불편한 심사를 무시하는 경위 없는 사람으로 비칠 수도 있겠지만 말이다.

생각을 달리해 보면 민머리가 꼭 나쁜 것만은 아니다. 천성이 게으른 내가 이발소에 자주 가지 않아도 되고, 공을 들여가며 머리카락을 말리지 않아도 되니 편리한 점도 있다. 친구들과 나란히 앉아 있으면 제일 나이 들어 보인다고 누가 물 한 잔을 줘도 내게 먼저 준다. 단체로 인사를 받을 일이라도 생기면 무리 중의 어른인 줄 알고 나에게 다가와 대표로 절을 할 때도 있다. 어색하다기보다는 오히려 슬그머니 즐기기조차 하며 보란 듯 너스레를 떨기도 한다. 또래보다 네댓 살 많이 보기는 하지만 그게 무슨 대수인가. 이 빛나는 머리를 기억해 주는 사람도 있고 술좌석의 농 거리까지 제공해주니 영 쓸모없지만은 않은 셈이다. 제멋에 사는 것도 사람이 살아가는 방편 중의 하나가 아니겠는가.

비록 바람이 불 때마다 길게 휘날리는 비단결 같은 머리카락은 없지만, 그래도 뭐. 내 머리가 어때서.

3
네놈이 나이테를 알겠느냐

보내야 할 것들

이별의 시간이 왔다. 어떻게 살아왔던 더 살아야 할 것들은 모진 계절을 넘겨야 하고, 떠나야 할 것들은 인제 그만 미련을 놓아야 한다.

사무실 창가에 서 있는 나무에도 삶과 죽음이 함께 깃들어 있다. 푸름을 자랑하던 잎들은 어느 사이엔가 사그라져버렸다. 무서리 맞은 밑줄기의 시린 발을 비단 이불처럼 감싸며 축복의 징표를 남기고 떠났다. 나무는 무성한 녹음으로 눈가림했던 속내를 이제야 슬며시 내보인다. 내면의 부끄러운 부분이다. 이파리가 떠나버린 휑한 자리에는 또 다른 주검들이 앙상한 몰골로 들러붙어 있다. 아직 떠나지 못한 삭정이들이다. 크고 작고, 가늘고 굵음을 떠나 이들은 모두 보내야 할 것들이다.

눈앞의 단풍나무는 홀로 동떨어져 있어 다른 나무들과 빛 바라기 경쟁을 할 일이 별로 없다. 줄기에 매달린 채 죽어있는 이 곁가지들은 외부로부터 받은 상처 때문이 아니라 제 피붙이로부터 외면당하고 내쳐져 도태된 것들이다. 새봄, 희망에 부풀어 움을 틔우고 가지를 내뻗으며 힘껏 도모했던 삶이 형제들 간의 상잔으로 꺾어져 버린 셈이다. 비정한 생존의 현장에서 일어난 일이니, 누구를 탓하겠는가. 짧은 생을 마감한 허무를 다독이느라 궁상을 떨며 차마 떠나지 못하고 있을 뿐이다.

나무에 덕지덕지 들붙은 잔가지들이나, 지금 이 순간에도 내 머릿속을 헤집고 다니는 상념이나 별스레 다를 바 없는 듯하다. 잠시간에도 팔만사천 번이나 생멸하는 것이 마음 작용이라고 했던가. 글머리 하나를 잡아 보고자 하니 온갖 망상이 뒤죽박죽으로 엉긴다. 제 능력은 생각지도 않고 눈만 높은 욕심이 제일 먼저 찾아온다. 마음먹은 대로 되지 않으니 원망이 생기고, 명언 명구라도 만들어 보려는 집착도 가당치 않다. 사족을 끌어안고 애면글면하다가 무능함에 대한 자책과 푸념이 뒤를 잇는다. 그뿐인가, 필설로 옮기기도 전에 사라져버리는 갖가지 잡념까지 수시로 마음을 어지럽힌다. 이렇게 변덕을 거듭하는 생각 중, 올바른 문구로 다듬어질 씨앗 하나쯤이 있기라도 할까. 글만 그런 것이 아니다. 지나고 보면 별것도 아닌 일에 빠져 허우적댄 시간은 얼마나 많았던가. 때가 되면 저절로 사라질 번민에 속박되어 고통스러워한 날은 또 얼마였었나.

의미 없는 탄생이 없듯이 가치 없는 죽음도 없다. 야박해 보이지만, 나무는 지금 삶의 군더더기를 걷어내는 중이다. 우듬지가 바로 서기 위한 필연의 과정이다. 오늘 내치는 죽은 가지가 내일 단단한 줄기를 위한 밑거름이니 아무리 힘들다고 해도 감내해야 할 일이다. 줄기가 높고 굵게 자라려면 단순해져야 한다. 제멋대로 자라는 잔챙이들을 모두 떠안고서는 우람하게 자랄 수 없기에 맨살을 드러내고 제 환부를 도려내는 것이다.

화단 저편에 미끈하게 치솟은 은행나무 우듬지가 듬직해 보인다. 해마다 앓아야 하는 몸살을 잘 견뎌왔기에 저리되었으리라. 온전한 듯 보이는 단단한 줄기도 겉으로 보이는 껍질과 그 안의 관다발 정도만 살아있는 세포이다. 한해 또 한해 죽어 가는 잔해를 다독이고 추세워 나이테 깊은 속살로 쌓았다. 어제를 보듬어 안고 오늘을 사는 나무다. 한 가지에서 난 형제를 매정하게 쳐내는 고통도 천년을 버텨갈 기둥으로 커가는 여정의 부분인 것을.

작용이 있으면 반작용이 있고 겉면이 있으면 내면도 있다. 완전한 삶이 어디 있겠는가. 버릴 것은 버려가며, 감쌀 것은 곰삭혀 가며 사는 것이지.

3

네놈이 나이테를 알겠느냐

그 사람도 그렇다

바람 잦아든 겨울 정원이 고요에 잠겼다. 쉴 새 없이 쏘다니던 뱁새들의 부산함도 멎었고 건들거리던 마른 잎의 소란도 잦아든 지 오래다. 내일을 품은 씨앗은 서릿발 아래 가만히 웅크리고 있다. 발가벗은 우듬지는 지난날을 곱씹으며 느슨해진 몸피를 추스르는지 미동도 없다. 내내 활기로 넘쳐나던 화단은 이제 지난 계절의 흔적을 모두 지웠다.

다 떠나버린 뜰에서 끝내 제자리를 지키고 서 있는 푸름에 눈길이 머문다. 잣나무다. 언제 보아도 변함없는 두터운 초록, 참 한결같은 뚝심이다. 늘 거기에 있어 든든하고 언제든 올곧게 서 있어 믿음직하다. 이웃들이 시시로 옷을 갈아입으며 멋 부림 할 때도 고개 돌려 쳐다보지 않았다. 아마 웃고 즐기는 저들의 계절이 조만간 끝나리라는 것을 알아서 일 것이다.

변함없다는 것이 언제나 좋은 것만은 아니다. 화사한 봄날, 온천지가 여린 새잎들로 단장할 때 겨울 잎을 그대로 가지고 있는 모습은 우중충하기 그지없다. 마치 세태의 흐름에 홀로 뒤처진 듯 초라해 보이기조차 한다. 게다가 나란히 선 이웃의 새뜻함을 손상하는 심술로까지 비치기도 한다. 그러니 새로움을 거부하는 아집쟁이처럼 눈총을 받는다. 더구나 여름이 되면 어디에 있는지조차도 모르게 아예 존재감마저 사라진다. 더 높은 나무와 널찍한 이파리에 가려서 있어도 그만 없어도 그만인 상태로 전락해 버린다. 사정이 이러니 가을이야 말해 무엇 하겠는가.

그 설움과 눈칫밥의 세월을 넘기고 겨울이 되니 이제 살아있음을 증명하는 유일한 존재가 되었다. 어제의 무관심이 오늘은 경이로움으로 바뀌었다. 저리 싱싱한 이파리를 매달고 골수까지 파고드는 냉기에도 아랑곳하지 않는 우직함에 대한 찬사이리라. 어떤 나무보다 먼저 눈에 들어오고 메마른 풍경에 생기를 주는 청일점으로 눈여김 받는다. 또한, 새들이 나무갓 사이로 몸을 숨기거나 깃을 고를 수 있도록 해주는 쉼터 역할까지도 천연덕스럽게 해낸다.

뜨락은 갈잎나무와 늘푸른나무가 한데 어우러져 있어 계절마다 새로운 풍경을 연출했다. 낙엽수는 그야말로 불같이 화려한 삶을 살았다. 연두에서 시작하여 초록과 단풍의 절정을 넘나들다 이제 맨몸이 되었다. 상록수라고 해서 잎이 지지 않는 것은 아니지만 이녁 터울로 떨어지다 보니 언제나 푸르게 보인다. 이들은 살아가는 방식이 서로 다를 뿐이지 경쟁 관계가 아니다. 어느 한쪽으로 기우는 것이 아니라 조화를 이루며 이웃으로 산다. 잎 넓은 나무가 무성해지면 잣나무는 배경이 되어주다가 헐벗은 계절이 오면 그 진득함이 절로 드러난다.

어느 사회에서든 나서기보다 말없이 뒷바라지하는 이들이 있다. 그들의 행위 역시 부러 떠들지 않아도 때가 되면 자연스레 도드라진다. 힘겨워 보이는 어르신의 폐지 수레를 말없이 밀어주는 사람. 남의 상심한 말을 끝까지 들어주고는 등 두드리며 보듬어 주는 사람. 봉투를 들고 길가에 버려진 쓰레기를 주워 담는 사람. 아픈 사람을 찾아가 노래와 공연을 해 준다거나 이웃을 위해 김치를 담그는 사람들. 더구나 전 인류를 휩쓸고 있는 코로나바이러스의 위협에도 의료의 참뜻을 잃지 않고 환자를 치료하고 보살피는 사람들 또한 부지기수다. 이들이 바로 거친 세상을 더불어 살 수 있게 해주는 저 잣나무 같은 사람들이다.

'날이 추워진 연후에야 비로소 소나무와 잣나무의 시들지 않음을 안다' 고 했다. 잣나무도 춥다. 잣나무도 아프다. 잣나무도 잎이 진다. 다만 소리 내어 호들갑 떨지 않을 뿐. 묵묵한 그 사람들도 그렇다.

3
네놈이 나이테를 알겠느냐

이제는

밤새 세상이 바뀌었다. 내가 아는, 늘 거기에 있었던 친숙함은 어디론가 사라지고 낯설지만 신비로운 설경이 펼쳐져 있다. 입체감이 옅어진 단조로운 풍경이다.

나의 만다라도 하얀 눈을 소복이 뒤집어쓰고 있다. 울타리용으로 심어 놓은 사철나무에 내려앉은 눈송이가 이파리의 푸름과 열매의 붉음을 오히려 도드라지게 한다. 어수선함이 사라진 깔끔한 원색의 조화가 사뭇 멋스럽다. 아침 일찍 먹이를 찾아 나선 까치도 어리둥절했는지 발자국이 어지럽다. 우르르, 잣나무를 짓누르고 있던 눈덩이가 쏟아져 내리며 설원의 적막을 깨뜨린다.

생경해진 경치 탓에 머물 곳을 잃었던 눈길이 새로운 대상으로 이끌려 든다. 항상 거기에 있었으나 색채에 현혹되어 미처 의식하지 못했던 곳이다. 거무스레한 그림자의 영역이다. 밝음과 돌출에 가려져 있던 어둠과 함몰 지대를 새삼 발견하게 된 것이다. 눈이 녹아 물기가 흘러내린 나뭇가지 밑부분은 거무죽죽하다. 긴 의자 아래 공간에는 또 다른 세상이 거멓게 앉아 있다. 실체의 유혹에서 벗어야만 알아챌 수 있는 새하얀 눈 세상의 역설이다. 평소에 외면당했던 것들이 색상 차이가 단조로워진 틈을 타서 드디어 인지의 세계로 들어왔다. 평평해지고 단순해졌기에 더욱 선연하게 드러나는 것이리라.

제 보고 싶은 것만 보인다고 하지 않았던가. 귀는 달콤한 말만 가려듣고, 입에서도 내게 좋은 말을 먼저 쏟아낸다. 애써 의도하는 것이 아니라 자연스러움으로 위장한 습관이다. 여름 내내 저 벤치에 앉아 바람을 즐기고, 나무를 바라보며 매미 소리를 들었다. 의자 위에 내갈겨진 새똥을 보며 투덜거리기도 하고 더러는 누가 버리고 간 쓰레기에 눈살을 찌푸리기도 했다. 하지만 그 아래에 당연히 실재하고 있었던 공허를 눈여겨본 적은 한 번도 없었다. 버젓이 눈앞에 펼쳐져 있는 현실인데도 미처 인식하지 못했다.

백설이 뒤덮은 다음에야 눈에 뜨인 저 음지는, 어쩌면 여태 살아왔던 내 삶의 그림자와 같은 것인지도 모르겠다. 합리와 편의를 우선으로 생각하고 효율만이 가치 있다고 생각했던 나의 뒷면도 아마 저리 암울한 색깔이리라. 체면과 명분 때문에 거들떠보지 않고 내팽개쳐 두었던 부끄럼들이 드러날 때의 모습이 저리 거무스레하지 않겠는가.

글이 읽을 만하다며 누가 인사치레로 건네는 공치사에 우쭐했던 경망. 좋은 작품 만들어 보라고 건네는 조언을 대범하게 받아들이는 척하다가 뒤 되돌아서서 '뭘 모른다' 며 곱씹었던 옹졸. 언제인줄도 모르게 통장에서 빠져나가는 푼돈이 세계 아이들 기아 해결에 일조하고, 환경을 살리는 데 이바지한다고 생각하는 황당함. 은사나 어른에 연중 한두 번의 문자와 목소리만으로 할 바를 다했다고 생각하는 자기 합리. 분노와 불안, 거짓말과 하소연은 깊숙이 숨겨두고 부러 큰소리로 허허거리는 위선들. 새하얀 눈이 세상을 환하게 밝히는 오늘, 저 의자 아래에 웅크린 가뭇한 그늘을 보면서 내 치부를 하나씩 들춰본다. 허세에 동화되어 그냥 묻혀 있었던 그림자들이다.

나이의 앞자리가 바뀌었다. 어떤 말을 듣든 이치를 깨달아 이해할 수 있다는 갑년을 한 바퀴를 휘돌아 왔다. 민낯이 드러날까 저어하며 어둑한 곳으로 밀쳐놓았던 가식들을 이제나마 뒤집어가며 말려야 할 시간이다. 쉰 살에 사십 구년 동안의 잘못을 모두 알고 고쳤다는 거백옥이 보았다면 배꼽 잡을 일이겠지만, 나도 나름으로 능동적인 삶을 꿈꾼다. 뉴스 따위에 흔들리지 않고, 세간의 눈길에 연연하지 않는 나만의 길을 열망한다. 그 기대의 크기만큼 여태 쌓아 온 악연들도 설원의 저 이면처럼 또렷이 함께 드러나리

라. 내 안에 내재한 어둠과 불선을 내보이지 않고는 바꿀 수 없다는 사실을 그동안 잊고 살았다.

다시 함박눈이 쏟아진다. 두렵기는 하지만 더 침침해진 의자 밑을 이제는 억지로라도 마주보아야 하리라.

3
네놈이 나이테를 알겠느냐

척, 척, 척

모처럼 겨울비가 질펀하게 쏟아지더니 아침 길에는 안개가 자욱하게 끼었다. 네댓 걸음 앞서서 걸어가는 이의 모습이 유령처럼 흐릿해지더니 이내 사라져 버린다. 늘 다니는 길이라지만 방향을 가늠하기 어려우니 내 발걸음도 덩달아 흔들린다.

안개는 익숙한 것들을 가려버린다. 사물의 실체를 모호한 상태로 만들어 잔상만 보여주거나 아예 보이지 않게 해버리기도 한다. 안개 안에 있으면 낯선 곳에 있는 것처럼 불안하고, 눈을 감고 내젓는 손짓처럼 더듬거리기 마련이다. 비유적인 말이기는 하지만 안갯속이라는 말이 그래서 생겨난 것이 아니겠는가.

한편으로는 안개 속에서 해방감을 느끼기도 한다. 이목에서 벗어나 혼자만의 세상을 즐길 수 있다. 눈칫밥이 곁들어진 일상에서 잠시나마 남을 의식하지 않아도 되는 호젓한 공간을 만들어 주기 때문이다. 타의에 의해 질식해 가던 심경을 여기에서는 조금 풀어 놓는다고 하여도 그다지 허물이 드러나지 않는다. 가령 길을 가다가 껑충 뛰어본다든지, 히죽 웃어보기도 하고, 무작정 곁에 있는 가로수를 껴안아 보는 일 같은 것 말이다.

세상을 명징하게 드러난 진실만으로 살아갈 수 있을까. 장삿속으로 배를 채우고 살아가는 나로서는 여간 버거운, 아니 불가능한 일이다. 저렴하게 일을 처리해 달라는 고객에게 당신과의 거래는 수지가 안 맞으니 "다른 데 가서 알아보시오"라고 끊어 버릴 수는 없지 않은가. 그러면 내가 밑진다는 적당한 엄살을 더해가면서 어떻게든 성사하는 게 내가 하는 일이다. 조금 싸게 해 주어도 손해까지는 아니지만, 한 푼이라도 더 받으려는 게 상호거래 관계의 속성이니 말이다. 이런 세속의 현실을 떠날 수 없는 나는 애당초 대쪽 같은 신념을 가졌다는 군자와는 거리가 먼 사람인 셈이다.

인간관계도 마찬가지다. 친구의 차림새가 마음에 들지 않는다고 "넌 왜 옷을 그렇게 입고 다니느냐"고 따질 필요는 없지 않은가. 그저 "옷이 잘 어울리네"라는 말 한마디면 만족할 일인데. 아픈 사람을 위로하는 말도, 곤경에 처한 사람에게 건네는 위안도 인사치레인 줄 뻔히 알지만, 배려라는 바탕을 깔고 주고받는 것이니 이해하며 서로 나눈다. 야위어 몸집이 볼품없는 나를 보고 건강 체질이라며 누가 추켜세울 때는 사탕발림인 걸 알면서도 흐뭇한 마음이 드는 것도 사실이니까.

크건 작건, 과장이나 거짓 섞인 말과 행동이 비록 겉으로 나타나지 않는다고 해도 자신은 알고 있다. 햇살이 들어오면 저절로 사라질 안갯속에서 저지른 불순한 행위처럼 내면의 부끄럼으로 남기도 한다. 그래도 뭐 어떤가. 두루뭉술, 알면서도 모르는 척, 아니지만 그런 척, 힘들지만 행복한 척, 그렇게 사는 것도 사람살이의 한 단편인 것을. 적나라함보다 조금 숨기고, 완연한 진실보다 적당하게 꾸며진 가식이 관계를 유연하게 만든다는 사실 또한 부정할 수 없는 일이니.

안개 속을 걷다가 널브러져 있는 돌멩이에다 대고 냅다 감정 어린 발길질을 내지른다. 어이쿠, 이걸 어쩌나. 군자 신독이라고 배웠는데.

3
네놈이 나이테를 알겠느냐

겨울나기

서릿발 돋은 들길을 걷는다. 바람구멍이라도 난 듯 휑하니 뚫려 버린 이 공허한 가슴을 채워줄 그 무엇인가를 찾아서.

하늘은 한바탕 눈이라도 쏟아부을 것처럼 우중충하다. 가으내 알알이 금빛으로 들어찼던 들판에는 길 잃은 찬바람만 부질없이 쏘다니고 있다. 새끼들을 건사하느라 무시로 들락거리던 팽나무 위의 까치집도 텅 비어 버렸다. 사각사각, 오솔길에 드러누운 빛바랜 들풀이 발길에 짓밟혀 부서지는 소리가 애처롭다. 하늘도, 들판도, 나무도, 풀도 한때는 푸름과 열망으로 가득했던 것들이다.

아무것도 하고 싶지 않고, 아무것도 손에 잡히지 않는다. 볕 바른 창가에 앉아 그저 꾸벅꾸벅 졸고 싶을 뿐이다. 한풍에 헐벗은 나뭇가지들이 질러대는 아우성을 귓등으로 흘려들으며, 초점 없는 눈으로 멍하니 하늘만 바라보고 싶다. 흔히 말하는 '손가락 하나 까딱하기 싫은' 무기력증에 걸려버린 것이다. 당연히 해야 할 일도 있고, 처리하지 않으면 안 되는 업무도 있다. 마음은 알고 있는데 몸이 움직이려 하지 않는다. 나는 지금 무엇인가에 집중할 수 없어 허둥대기만 하는 상태에 빠져서 헤어나지 못하고 있다.

나를 나락의 수렁으로 몰아넣은 이 '허무'의 정체는 무엇일까. '형상이 없어 볼 수도 들을 수도 없는 우주의 진리'라는 노자의 거창한 철학적 이유는 당연히 아니다. 그렇다고 세사를 완전히 포기한 채, 내면으로만 침잠해 들어가는 절망의 늪에서 허우적거리는 것은 더더욱 아닌 듯하다. 서너 달 동안 심혈을 기울여온 거래처와의 마지막 계약에서 밀려버린 탓일까. 그도 아니면 오랫동안 마음을 다잡으며 준비해 왔던 글을 세상 밖으로 풀어놓아 버린 뒤에 따라오는 상실감 때문일지도 모르겠다. 마치 숨이 턱에 차도록 헐떡이며 다다른 산꼭대기에 주저앉아 느끼는 해방감, 그다음에 찾아오는 허망함 같은 것이리라. 잘했든 못했든, 갑자기 목표가 사라져 버려 갈피를 잡을 수 없는 심정이라는 표현이 차라리 맞을 수도 있겠다.

목덜미를 파고드는 차가움에 옷깃을 여미고 정처 없이 걷다가 아늑한 둔덕 아래에서 잠시 숨을 고른다. 바람이 잦아드니 그나마 온기가 도는 듯하여 기분이 한결 나아진다. 여름 내내 온갖 풀꽃과 곤충들로 소란스러웠을 언덕도 누렇게 말라비틀어진 잔해들만 남긴 채 잠들어 있다. 데구루루, 굴러가는 낙엽을 쫓아가던 눈길이 살아있는 이파리를 발견하고서는 움찔 놀라며 멈춘다. 땅바닥에 납작 엎드린 채 오들거리며 겨우살이를 하고 있는 달맞이꽃 겨울 잎이다. 모든 것이 소멸해 버린 듯한 이 언덕에서 만나는 생명 하나가 내 시린 마음에 살포시 들어와 앉는다. 몸을 낮추어 다시 바라보니 어디 그뿐이랴. 두렁 아래에는 냉이며 꽃다지, 개망초, 봄맞이가 옹기종기 모여서 겨울을 나고 있다.

이들도 힘겨운 삶의 한고비를 넘고 있다는 생각이 언뜻 스친다. 한해살이풀들이야 씨앗만 남기고 미련 없이 스러져버리면 그만이다. 껍질 속에 단단히 보호된 씨는 따뜻한 봄 햇살이 깨울 때까지 잠들 수 있다. 그조차 조건이 여의찮으면 움을 틔우지 않고 후일을 기약해도 된다. 쑥이나 달래 같은 여러해살이풀은 땅속에 뿌리만 남겼다 다시 줄기를 올린다. 지상에 남아있는 것이 없으니 그나마 형편이 조금은 나은 편이다. 그런데 두해살이풀은 처지가 약간 다르다. 보리와 밀처럼 가을에 잎을 올린 그대로 생장을 멈추고 겨울을 보내야 하는 경우가 허다하기 때문이다. 꽁꽁 얼어붙은 한겨울의 시련을 맨몸으로 이겨내지 못하고서는, 꽃을 피울 수 없음이 이들이 가진 태생적 아픔이다.

삶이 단순히 '진화의 결과에 의한 본능적인 것.'이라고 치부해 버리면 그만일까. 나는 여태껏 저 작은 풀들이 에는 듯한 겨울을,

왜 이다지도 처절하게 살아남아야 하는지를 생각해 보지 않았다. 그저 자연의 섭리로만 생각하고 두해살이풀의 당연한 숙명으로 여겼을 뿐이었다. 생각해 보니 이들은 지금 도태와 생존의 갈림길이라는 자연의 시험대 위에서, 자신을 추스르며 고난에 맞서는 중이다. 있을 것 같지도 않은 미약한 지열로 몸을 녹이고, 자세를 낮추어 바람을 피한다. 바큇살 모양으로 골고루 잎을 펼쳐 한 줌이라도 더 햇볕을 받아들이려 애쓴다. 동상에라도 걸린 것처럼 불그죽죽하게 보이는 까닭은, 영양분과 수분을 보전하고자 하는 이들의 지혜로운 생존 방편이다.

사람이 살아가는데 어찌 난관이 없을까. 오늘 허망한 심정을 이기지 못해 차가운 벌판을 헤매고 있는 나의 이유도, 어떻게든 넘어야 하는 높다란 인생의 고개를 만났기 때문이리라. 지금 뼈저리게 느끼고 있는 이 허무는, 눈앞의 풀들이 견뎌내어야 하는 운명적인 겨울나기와도 같은 것이라고 위안 삼아 본다. 서릿발 선 나대지 위에 퍼질러 앉은 풀잎처럼, 나 역시 아등바등 살아내어야 하는 삶이다. 이들은 '시련이 없으면 열매도 없다.'는 사실을 오랜 세월의 체득으로 익히 알고 있을 것이다.

눈앞에 엎드린 이 풀뿌리가 무사히 겨울을 넘기면, 오히려 나를 내려다볼 날이 있음을 새삼 되새기는 날이다.

3
네놈이 나이테를 알겠느냐

봄 바라기

된바람이 하 드센 날이다. 돌덩이를 얹어놓은 듯 답답한 심사나 달래볼 요량으로 황량한 겨울 숲길을 터덜거린다.

찬바람이 헤집고 지나간 목 언저리는 말벌에 쏘인 것보다 더 아리다. 콧등은 시퍼런 칼날이라도 스친 양 따끔거린다. 멋모르고 청양고추를 '와그작' 깨문 맛이라고나 할까. 호주머니 속에 손을 넣고 달리다 돌부리에 걸려 넘어지기라도 한 것처럼 볼살이 얼얼하다. 손톱 곁에 일어선 까끄라기를 건드린 순간의 짜릿함과 혓바늘 돋은 입으로 김치를 씹을 때의 따끔함이 발가락 끝으로 몰려온다. 서릿발이 서걱서걱 밟히는 초등학교 시절의 등굣길도 지금처럼 맞바람을 안고 가는 길이었다. 귓불이 떨어져 나갈 듯 불어오는 매

서운 한기를 조금이라도 피해 볼 요량으로 선생님의 널찍한 등 뒤에 줄줄이 붙어서 걷고는 했다. 부르터서 핏물이 배어 나온 여린 손을 입김으로 호호 녹여가면서.

맨살을 드러낸 단풍나무가 더는 참지 못하고 이리저리 몸을 비비 꼰다. 서어나무의 가느다란 가지가 내지르는 날카로운 비명이 애련하다. 은사시나무는 여름철에만 떨어대는 줄 알았더니 수전증 환자보다도 더 심하게 덜덜거리고 있다. 작은 새들의 세계에서 깡패나 다름없는 직박구리 녀석도 어쩔 수 없는지 꼬랑지가 자꾸만 위로 뒤집어진다. 사시사철 싱싱한 푸름을 자랑하던 노간주나무 역시 힘에 겨운지 풀이 죽었다. 견디다 못한 억새는 그만 허리를 접고 나동그라져 버렸다. 겨울이 힘겹기는 사람이나 동식물이나 마찬가지인 모양이다. 모두가 숨죽이며 어서 봄이 오기를 간절히 기다리고 있다.

눈길을 돌려보니 길 건너 포플러나무에 지어놓은 까치집이 한창 분주하다. 까치라는 녀석들이 제 키보다 기다란 나뭇가지를 물고 부지런히도 들락거린다. 알자리를 위해 일찌감치 집수리에 착수한 모양이다. 절기로도 입춘을 앞두고 있으니 해거름 시간도 한참이나 길어졌다. 세밑이 되면 옷이나 장갑을 사달라고 조르며 어머니의 치맛자락을 잡고 늘어지고는 했다. 그럴 때마다 “해가 한발이나 늘어졌으니 조금만 더 기다려 보거라”면서 나를 떼어놓았다. 우회적인 거절이기도 했겠지만, 혹독한 현실에서 벗어나고픈 자신에게 던지는 위안의 말이기도 했으리라.

바람을 거스르며 갔던 길이 돌아올 때는 순풍이다. 모질고 밉살스럽게만 느껴졌던 바람이 이제는 등까지 떠밀어주니 오히려 걸음이 가볍다. 육신의 고통이 잦아드니 잠시나마 잊고 있었던 현실이 찾아온다. 지푸라기라도 잡아 보고 싶은 것이 사람 마음이라더니 요즈음 내가 딱 그 모양이다. 절반으로 줄어버린 일거리에 대한 시름을 조금이나마 삭여볼 요량으로 억지스러운 변명거리 하나를 생각해 낸다. '그래, 이 산길처럼 맞바람이 있으면 뒤에서 불어오는 순풍도 있는 것'이라고. 오르막이 있으면 내리막도 있을 것이고 겨울이 깊은 만큼 봄이 가까운 법이니 어떻게든 버텨보자고 혼자 되뇐다. 더 유명한 말도 있지 않은가, 매 힘든 순간마다 그대의 가슴에 말하라. '이 또한 지나가리라.'

말씀인즉슨 옛사람들의 그럴듯한 비유가 구절구절 흠잡을 데라고는 없다. '희망은 절망 속에 숨어온다'는 입에 발린 말을 아직도 믿고 있는 내가 아닌가. 흥망과 성쇠도 돌고 돈다는 말 역시 그대로 믿고 싶다. 누군가는, 무엇이든 막다른 지경에 이르면 반드시 새롭게 변한다고 거창하게 휘갈겨놓았다. 명약 같은 좋은 글귀들처럼 내 삶도 순리대로만 흘러가면 얼마나 좋을까. 그런데 왜일까. 찬바람 맞으면서도 기어이 산길을 꾸역꾸역 나서야 했던 내 가슴에는 오히려 목마름만 더해진다.

자연 속을 거닐고 좋은 것을 생각하며 무거운 마음을 조금이나

마 달래보려 했더니 오히려 심화만 키워놓고 말았다. '마음공부입네' 하고 펜 끝에 매달았던 어쭙잖은 문구들도 깨끗이 말라버렸다. 주옥같이 고상한 말씀이든 천고의 진리든 먹고 사는 일 앞에서는 다 부질없는 일이라.

동지섣달, 이 서슬 푸른 동장군의 흉중에도 한 톨 봄 씨앗은 살아있다 했건만.

3

네놈이 나이테를 알겠느냐

겨울은 부끄럼쟁이

겨울이 떠난 자리에 떨기떨기 수선화 다소곳이 남았다. 그 옥배 속에서 찰랑거리는 아지랑이에 취해 멀어져가는 겨울을 바래다주지 못했다. 아니 떠났다는 사실조차 몰랐다. 어쩌면 빨리 가버리라고 종용했을 수도 있겠다.

나는 사실 활짝 핀 살구꽃이 봄의 얼굴이라고만 생각했지, 겨울의 뒤태라고 생각해 보지 않았다. 연홍빛 진달래 한 무리가 멀어져가는 겨울이 제 등판에다 아리게 새겨놓은 바라지인 줄을 미처 알지 못했다. 야무지게 벌어진 밤톨이 여름날 뙤약볕이 저질러놓은 업보임을 깊이 생각해보지 않았다. 그저 때가 되었기에 절로 그리된 것인 줄로만 여겼다. 겨울나무의 혹독한 시련이 좀 쉬었다

가라며 잎을 비워준 가을의 배려라는 사실을 되새김질해보지 않았다. 다만 새로이 다가오는 것들이 가져오는 수줍은 혼수품으로 여기고 반기기만 했다.

가만히 생각해 보니 나도, 우리도 앞사람의 뒤태를 보며 살아가고 있었다. 초등학교 담임선생님의 뒷모습이 지금 각지에서 제 몫을 해내며 살아가는 예순여덟 명의 꼬맹이들이다. 예수님의 뒤태는 저 교회당의 높다란 십자가로 남았다. 아무것도 남기지 말라던 법정 스님의 무소유한 뒷모습은 오히려 또렷하다. 모두가 좋은 모습들만 남긴 것은 아니다. 실패한 이의 한숨 어린 뒷모습도 있고 부정으로 축재했던 인간의 추해 보이는 그림자도 있다. 어떤 모습이었든지 간에 자신만의 향기를 뿌려놓고 사람은 갔다. 과연 '너의 등판에는 무엇을 새길 것이냐' 라는 커다란 물음표 하나를 남겨놓고서.

겨울, 그 서슬 푸르던 앞태와는 달리 민들레, 냉이, 광대나물, 꽃다지 뒤태는 왜 이리도 맵시 고운지. 뒷짐 진 손, 가득 든 꽃다발을 내밀기 쑥스러워서 그리 앙탈을 부렸나 보다. 알고 보니 겨울은 날건달이 아니라 부끄럼쟁이였다.

4부

빗살, 그리고 빛살

4
빗살, 그리고 빛살

빗살, 그리고 빛살

부챗살빛이 쏟아진다. 먹장구름 틈새를 뚫고 나온 섬광이 갈래 갈래 땅으로 내리꽂힌다. 천지가 상통하는 듯, 우주의 영험한 기운이 하강하는 듯, 다발을 이룬 빛줄기가 올곧게 뻗어내려 대지를 축복한다. 서광은 영롱하지만 희뿌옜다. 하늘의 현묘함을 다 드러내 보일 수 없어서일까, 안개 같은 장막을 둘렀다. 환하게 빛나지만 눈부시지는 않다. 만물에 베푸는 생육의 공덕을 자랑삼으려 하지 않기 때문이리라.

빗줄기가 그치기를 기다리며 하늘만 바라보고 있는 신세가 더없이 처량했다. 날씨에 따라 좌우되는 일을 하다 보니 며칠이고 억지로 쉬어야 하는 경우가 종종 있다. 미처 예기치 못해 다음 일들조차도 줄줄이 무너져 버리면 지금처럼 더욱 애가 탄다. 첨단이라는 현대를 살면서도 자연 앞에서는 허무할 정도로 무력한 존재라는 사실을 새삼 깨닫는다. 이 심란한 와중에 힘차게 쏟아지는 저 빛줄기는 그야말로 희망의 조짐이다. 내리 사흘을 퍼부어대던 얄궂은 봄장마도 이제는 끝이 나려나 보다.

어느 박물관에 전시된 선사시대 토기 조각에서 저와 같이 장엄하고 드밝은 빛줄기를 본 적이 있다. 오천 년 전, 신석기시대에 만들어진 빗살무늬토기의 파편이었다. 그 손바닥보다 작은 흙덩어리 안에서 고대인들의 간절한 염원이 스며 나와 발길을 붙들었다. 어서어서 해님을 돌려 달라고 부르짖고 있었다. 토기 편 속에 그려진 빗살무늬가 옛사람들의 애타는 심정을 고스란히 내게 전해주고 있었다.

고대 사람들에게 가장 두려웠던 것이 무엇일까. 어둠보다, 맹수보다 더 무서웠던 게 질병과 자연재해였을지도 모른다. 예측도, 대비도 불가능한 풍수해는 그야말로 천앙이었을 것이다. 청명했던 하늘에서 한순간 폭풍과 뇌우가 몰려왔다. 물동이로 들이붓듯 장대비가 쏟아진다. 커다란 나뭇가지는 찢어질 듯 휘청거리고 천지를 뒤흔드는 번개와 천둥소리에 혼쭐이 달아날 지경이다. 강물이 넘쳐나서 터전까지 쓸어버리는 천재지변은 인간의 힘으로 어찌할 수 없는 것이었다. 움집 속에 웅크린 그들이 할 수 있는 것이라고는 오로지 재앙이 빨리 물러가기를 하늘에 빌고 비는 일이 아니었겠는가.

토기에 새겨진 빗금은 추상이 아니라 현실이었다. 아가리 부분에 수없이 반복되어 그어진 짧은 무늬는 하염없이 쏟아지는 빗줄기이리라. 바로 눈앞에 벼락이라도 떨어졌던 것일까. 일정하게 새겨지던 빗살이 움찔, 균형을 잃었다. 잠깐 빗발이 약해지기라도 했던 모양이다. 촘촘하던 간격이 조금 느슨해진 듯도 하다. 두 줄, 세 줄, 줄 층수가 많아지는 만큼 비 내리는 날이 길어진다는 뜻일 터. 짧은 빗살 아래로 폭풍우는 잦아들었지만 아직도 물러나지 않은 구름이 두껍게 깔려있다. 그리고 어느 순간, 구름 사이로 드넓고도 시원하게 직선들이 뻗어 내린다. 생선의 뼈를 닮았다 하여 어골문이라 한다고 했던가. 나에게는 그 선들이 기하학적 무늬가 아니라 희망과 안도의 몸짓으로 다가왔다. 지금 내 눈앞에서 펼쳐지는 저 빛다발처럼 자연의 축복이 도래했음을 알리는 신호였다. 그들에게 다시 기지개를 켜게 하는 빛줄기가 쏟아지고 있었다. 그 빛살을 보며 신에 감사했을 것이다. 살아 있음에, 밖으로 나가 다시 주린 배를 채울 수 있음에 안도하지 않았을까. 이제 그릇의 몸통에는 햇빛을 맞이한 뭍 생명의 생장과 번성의 공간이 드넓게 펼쳐진다. 반구대 사람들이 바위에 고래와 사슴을 생생하게 그렸듯, 토기에 새긴 빗금 또한 그들의 고달팠던 현실이었노라고 말하고 있었다.

봄비의 끝을 알리며 찬연하게 내리는 빛살을 보면서 나는 역설

적이게도 선사인들이 토기에 그려 넣었던 빗살을 떠올렸다. 이 빛줄기를 통해 몇 천 년 시간의 간극을 넘어 생물학적 본능이라는 파장을 깊이 교감하였기 때문일 것이다. 그들이 억수비 속에서 느꼈을 감정은 현실의 배고픔과 미래에 대한 원초적 두려움이었으리라. 지금의 나 역시 그 신세와 별반 다를 바 없다. 장막 뒤에서 선뜻이 나타난 부챗살빛을 이리도 반가워하는 이유는 단 하나, 다시 일을 나갈 수 있게 되어서가 아닌가. 비를 맞으며 내내 불안에 떨어야 했던 나의 근원적 고뇌, 그것이 생존에 대한 염려라는 사실을 찾아내는 데는 단 사흘이면 충분했다.

지금껏 나는 현대 사회의 풍요로운 물질과 문화를 마음껏 향유하며 석기인과는 전혀 다른 삶을 산다고 철석같이 믿었다. 그들이 상상조차 하지 못했을 자동차, 휴대전화, 컴퓨터와 같은 이기들. 방대한 양의 정보와 지식.

고대에는 그렇게 필요하지도 않았을 윤리나 예법. 비교 불가의 품격과 여유로움으로 생각하는 그럴듯한 취미생활. 이런 문물과 견문이 삶의 형태를 완전히 변화시켜 놓았다고 생각했다. 하지만, 차원이 다른 관념이나 문화에도 불구하고 생명체 태초의 본능은 크게 달라진 것이 없어 보인다. 나름으로 비뚤비뚤 써 내려가는 글줄 몇 개도 결국은 허기를 면한 후에야 가능한 일이 아닌가 말이다.

인류가 빗살무늬 위에다 누천년을 덧씌워 온 자랑스러운 인문은

도대체 어느 곳에서 작용할까. 이 생체적 생존이라는 애초의 전제 앞에 발가벗겨져 있을 때는.

4
빗살, 그리고 빛살

새똥철학

직박구리라는 녀석이 벚나무 아래 세워둔 차에다가 희멀건 오물을 잔뜩 퍼질러 놓았다. 아무리 급해도 그렇지, 하필이면 앞 유리 한가운데가 뭐란 말인가. 암만 생각해봐도 저를 해코지한 기억이 없는데. 딱딱하게 굳어버린 탓에 잘 지워지지도 않는다.

한라산 영실에서 점심을 먹다가 까마귀 똥 벼락을 맞은 적이 있다. 고단한 산행에서 점심을 같이 먹는 일은 단순히 한 끼의 식사가 아니라 큰 즐거움 중의 하나다. 그날도 기대어린 마음으로 일행이 둘러앉았다. 가방에서 도시락을 꺼내기도 전에 기다렸다는 듯이 까마귀들이 주위를 배회하기 시작했다. 하 많은 산객이 오가는 곳이라 사람을 두려워하기는커녕 어서 먹을 것을 내놓으라 조르기까지 한다. 어떤 이는 신기하다며 주전부리를 던져 주기도 했지만, 나는 '야생에 사는 동물에게 먹이를 주지 말자'는 주의라 본체도 하지 않았다. 몇 번을 집적거려도 반응이 없어 미운털이 박혀버린 모양이었다. 어떤 녀석이 공중으로 날아오르더니 질펀한 분변 한 무더기를 발사해버리는 것이 아닌가. 세차게 불어대는 바람 방향까지 계산했는지 정확하게 내 도시락과 앞섶으로 쏟아졌다. 덕분에 점심이고 뭐고 까마귀 응가를 처리하느라 혼쭐이 났었다.

어릴 때 살았던 초가의 처마 밑 안쪽에는 해마다 제비가 돌아와 집을 지었다. 널빤지로 아래를 받혀두지만 제비 새끼가 한두 마리도 아니니 변이 산더미처럼 쌓이기 일쑤였다. 무심코 마루 끝에 밥상을 차렸다가 머리 위에서 태산이 무너지는 바람에 제비 똥 밥을 먹은 적도 있다. 건넛마을에는 백로와 왜가리의 집단 서식지가 있었다. 커다란 나무와 근처 숲에다 둥지를 만들었는데 그 주변의 나무들과 지붕이 온통 하얗게 덮여 버렸다. 내다 널은 빨래도 그렇거니와 물동이를 이고 가다가도 날벼락을 맞으니 그 동네 사람들은 얼마나 속이 상했을까.

한때 페루는 구아노라고 부르는 새똥을 팔아서 남미 최고의 부자나라가 되었다고 한다. 바닷새의 배설물이 바위 위에 쌓여 굳어진 덩어리에는 질소나 인산분이 많아 유럽으로 비싸게 팔렸다고 한다. 가마우지 등 바닷새들의 배설물이 쌓여 만들어진 해조분 층이 백오십 미터나 되는 곳도 있었다니, 얼마나 많은 세월 동안 쌓이고 쌓인 것인지 상상조차도 쉽지 않다. 볼리비아에서 발견된 구아노를 차지하기 위해 볼리비아와 페루가 동맹하고 칠레, 유럽이 연합한 남미태평양전쟁이 일어났다고 한다. 이른바 자원 전쟁으로도 불리는 "새똥 전쟁"이다. 그 결과 페루는 폐허가 되었고, 볼리비아는 바다로 가는 길을 잃어 내륙국으로 전락하고 말았다. 새똥 때문에 나라의 운명이 바뀌어버린 셈이다.

일상에서는 별로 쓸모가 없는 배설물이지만, 자연에서는 생각지도 못한 엉뚱한 방법으로 활용되기도 한다. 생태계에서 작은 곤충들의 목숨앗이는 지천으로 늘려있다. 메뚜기나 잠자리는 물론이고, 여러 번의 탈피과정을 거쳐야 하는 애벌레는 새들이 대체로 다 좋아하는 육식성 먹잇감이다. 그래서 주변과 조화되는 보호색으로 위장하거나 다른 모양으로 의태해서 위험을 회피하려 한다. 꽃등에는 벌을 흉내 내고, 대벌레는 나뭇가지인 척하여 천적을 속인다. 호랑나비와 가시자나방 애벌레는 새똥 모양으로 위장해서 포식자의 눈을 피한다. 배자바구미나 새똥거미, 새똥하늘소 역시 허투루 보아서는 곤충인지 새똥인지 분간하기가 쉽지 않다. 새의 부산물을 모방해서 새를 속이는 역발상적 진화의 기발함이 사뭇 신비롭기만 하다.

하잘것없다고 생각하는 분변 덩어리지만, 누군가에는 전쟁도 불사할 만큼 소중한 것이었다. 또 어떤 생명에는 닮고 싶을 만큼 절박한 것이고, 식물의 씨앗에는 새 삶을 일구는 최고의 선택지가 될 수도 있다. 말똥이나 쇠똥이 없으면 쇠똥구리는 살아갈 수가 없듯이 생태는 독립된 것이 아니다. 하나의 긴 사슬로 꼬여있기에 위아래나 좋고 나쁨이 없는 공동운명체이다.

차 위에 새똥이 떨어진다고 새가 앉을만한 나뭇가지에 온통 철가시를 둘러놓았다는 웃지 못 할 이야기를 들었다. 참으로 새똥 같은 사람들이고 개코같은 인심이라 여기며 분노했었다. 그런데 오늘, 막상 내 차에 퍼질러진 오물에는 더없이 불편해하는 얄궂은 이중성에 잠시 쓴웃음을 짓는다.

얄미운 녀석의 뒤치다꺼리를 하다 보니 어디선가 익숙하면서도 그리운 냄새가 스며오는 듯도 하다. 어둑할 무렵 뒤울안 닭장 청소는 언제나 내 차지였었는데.

4
빗살, 그리고 빛살

잡초론

바랭이, 비름, 뚝새풀은 잡초다. 밟아도 죽지 않고 뿌리째 뽑아 던져놓아도 되살아난다. 질기기로는 어디 이보다 더한 게 있을까.

뙤약볕 아래에서 명아주며 소리쟁이를 베어내는 예취기 소리가 자꾸만 신경을 건드린다. 아파트 화단이라 딱히 무엇을 심어 놓은 것도 아니고 애써 가꾸어 놓은 남새가 있는 곳도 아니다. 그저 큰 나무들 아래 공터라 환삼덩굴이나 계요등이 활개 치고 있을 뿐이다. 비 온 뒤에 부쩍 키가 커버린 쇠무릎과 망초가 눈에 거슬렸나 보다. 미관상 좋지 않다는 이유로, 해충이 들끓는다는 핑계로 모조리 잘라버린다. 이것이 잡초의 삶이고 운명이다.

어머니의 텃밭은 언제나 말갛게 세수한 얼굴이었다. 손바닥만

한 밭떼기에 거의 붙어살다시피 했으니 오죽했겠는가. 어떤 잡초도 그 날카로운 호미 끝을 피해 갈 수 없었다. 언제나 시퍼렇게 날이 선 어머니의 손길이었지만 그래도 당당하게, 아니 보호까지 받으며 자라는 잡풀이 있었다. 고구마 두렁에 떡하니 자리 잡은 까마중과 땅꽈리였다. 새까만 열매를 무더기로 달고 있는 '먹땡깔'은 막내에게 돌아갈 하루치 선물이었고, 볼통하게 살이 오른 '땡깔'은 그나마 먹을 게 있다는 이유로 살아남았다.

사실 '이게 잡초요' 하고 딱히 정해놓은 것은 없다. 농부의 눈살에 걸리는 것이 잡초고 가꾸는 이의 입맛에 맞지 않는 초목이 제거 대상이다. 민들레는 밭에 나면 잡초고, 조금 벗어난 곳에서 피어나면 예쁜 들꽃이다. 물달개비도 논 가운데 살면 벼의 피를 빨아먹는 몹쓸 놈이지만 도랑에 나면 귀여운 수생식물이 된다. 농작물 곁에 선 놈은 뿌리까지 뽑아버려야 할 것이고 연못 둑에 자리한 풀은 지표식물로 보호해야 한다. 같은 어미에 같은 피를 이었어도 생사는 용도에 따라 확연히 다르게 변한다. 쑥대밭이 되어도 좋은 데가 있고 질경이 한 포기라도 기어코 파내어야 하는 땅이 있지 않은가.

저 강아지풀은 왜 뽑혀야만 할까. 채송화라고 귀하고 쇠비름이라고 천하지 않다. 약으로 치자면 후자가 오히려 귀한 대접을 받는다. 완두콩이라고 선하고 돌콩이라고 악하지 않다. 열심히 살기로는 야생의 삶이 천만번 치열하다. 농부에게 있어 천하의 악종인 잡초도 내게는 귀엽기만 한 들꽃이다. 그동안 내가 수없이 주절댄 말들이 '생명의 저울추는 어느 한쪽으로도 기울지 않는다'는 것이었다. 지금 멱살 잡힌 저 닭의장풀이라고 다르지 않다. 그래서 개망초의 다리몽둥이가 분질러질 때마다 멀리서 지켜보고 있는 내가 움찔움찔 진저리를 친다. 탁탁 괭이로 땅을 쪼는 소리가 송곳처럼 마음을 찔러댄다. 사각사각 회전 칼날로 배암차즈기 밑동을 훑는 소리가 비수 날이 되어 애간장을 잘라 낸다. 휙휙, 줄기가 뜯겨서 내던져지는 애기똥풀에 들려줄 뭔가의 변명거리가 필요하다. 너희의 죽음이 생명의 경중과는 상관없는 것이라고 혼잣말로 주절거려 보지만 궁색하기만 하다는 걸 자신도 안다.

무릇 살아있다는 것은 그 삶의 지속을 위하여 반드시 해야 하는 본능적인 것들이 있다. 먹어야 하고, 숨 쉬어야 하고, 위험을 피해야 한다. 인간이라 다르고 개라고 다르지 않다. 곤충이건 식물이건 마찬가지다. 살아있는 모든 것들의 기초 기능이다. 이 본바탕의 유지를 위해서는 자의든 타의든, 이웃이나 주변에 일정한 영향을 미칠 수밖에 없다. 무엇을 잡아먹어야 할 때도 있고 다른 종과 경쟁해서 빼앗아 와야 하는 경우도 있다. 그 과정에서 본디 의도와는 관계없는 대상을 짓밟거나 그늘을 지워 피해를 주기도 한다.

본능이 죄가 되는 것은 아니지 않은가. 먹이사슬 구조는 본능에 따라 생성된 자연스러운 것이다. 살아야 하는 당위성으로 토끼는 풀을 먹어야 하고 사람은 가축을 키우거나 곡식을 재배한다. 인간이 먹기 위해서 키우는 것들은 인간에게 선택된 것들이다. 어머니가 그토록 잡초를 뽑았던 이유는 그이가 선택한 먹을거리를 지켜내야 하기에 어쩔 수 없이 취한 행동이었다. 이것은 죄가 아니라 그냥 삶의 필연이다. 그래서 김을 맨다. 선악의 개념이 아닌, 그냥 살기 위해 광대나물을 뽑는다. 허기를 면하려고 이제 갓 싹이 나온 쑥 밑동에 시퍼런 칼을 꽂는다.

나는 먹거리를 타인의 손을 통해 해결하기에 씀바귀 하나를 오롯한 식물로 바라볼 수 있다. 방관자적인 관점이기에 생명의 무게니, 삶의 질 따위를 운운하는 것이다. 처한 상황의 차이만큼 바라보는 방향도 달라지는 셈이다. 나 역시 생존의 문제와 관련된다면 서슴없이 뽑고 부러뜨리고 말려 죽이는 사람이 될 수밖에 없다. 사람이 잡초를 제거한다고 해서 세상의 모든 방동사니를 다 뽑아버리지는 않는다. 선택한 것들과 경쟁 관계에 있을 때만 해당하는 일이다. 그러기에 농부는 자라풀이나 돌피 따위를 아무런 고민 없이 패대기칠 수 있는 것이다.

잡초란 없다. 다만 인간에게 선택되지 못했을 뿐이다. 밀밭에서는 보리가 잡초고 무밭에서는 배추가 잡초다. 볏논에서는 찰벼가 잡초고 콩밭에서는 참깨가 잡초다. 살아가는 일이란, 선택일 수밖에 없다. 나의 삶과 가까운 것들을 우선으로 생각하는 일은 지극히 자연스러우면서도 인간다운 행위가 아닌가.

와지끈, 왕고들빼기 허리 부러지는 소리에 질끈 눈을 감는다.

4

빗살, 그리고 빛살

천사와 악마

천사의 나팔은 그 이름이 붙여지는 순간 천사가 되었다. 악마의 나팔이라고 불리는 꽃 또한, 누가 그렇게 부를 때마다 악마가 된다. 이름에 의해.

으스름한 시간인데도 바람 한 점 없이 후텁지근한 날이다. 바깥 구경이라도 하면 조금 나아지려나 하고 아파트 마당으로 나섰다. 화단의 여름꽃들은 이제 대부분 제 후세를 키우느라 불룩한 배를 내밀고 있다. 비비추도 치자도 씨 꼬투리가 제법 통통하게 부풀어 올랐다. 저 먼발치에서 아직도 미련을 접지 못하고 왕성하게 꽃봉오리를 매달고 있는 녀석이 눈길을 끈다.

흰독말풀이라는 버젓한 제 이름이 있는데도 사람들은 '악마의 나팔'이라고 부르기를 주저하지 않는다. 꽃의 생김새야 나팔을 닮았으니 이해 못 할 바는 아니지만, 악마는 왜 가져다 붙인 것일까. 엉뚱하게도 일가붙이 중 '천사의 나팔'이라는 식물에 대비시키느라, 이런 이름을 붙였다 하니 약간 어이없기도 하다. 영어권에서 사용하는 별명을 그대로 따라 부르는 이름이다. 둘 다 애초에는 같은 형제로 분류되어 함께 천사로 불렸다. 그러다 이간질(?) 좋아하는 사람에 의해 집안이 나누어지면서 운명이 바뀌어버렸다. 천당에서 지옥으로.

이름 때문에 영원히 마주할 수 없는 앙숙처럼 되어버렸지만, 본래 같은 조상에서 나왔으니 외관상으로 둘은 거의 닮았다. 꽃 모양은 물론이고 관목처럼 보이는 굵직한 줄기도 별반 다르지 않다. 번식하는 방법이나 지독한 독성까지도 애써 구별하고자 하지 않으면 거기서 거기다. 그런데 이들을 천국과 나락이라는 극과 극으로 갈라놓은 아주 조그마한 차이, 참으로 별것도 아니게 꽃부리가 바라보는 방향 탓이라고 한다. 고개를 숙여 자신을 낮춘 듯 겸손한 모습이어서 천사의 나팔이고, 하늘을 향해 치켜든 모습이 오만불손하게 보인다고 하여 악마의 나팔이란다. 꽃이 어디 사람들 보라고 피는 방향을 결정했겠는가. 그 의미의 유무를 떠나서라도 당하는 처지에서 보자면 이만저만 억울한 게 아닐 성싶다.

오래전의 이야기지만, 친구에게 맨이름을 부르기가 뭣하다 하여 예명을 지어 불러준 적이 있다. 내 딴에는 그이의 성격을 고려하여 좋은 방향으로 가보자는 뜻으로 고민 끝에 지은 별호였다. 불 같은 성질을 좀 죽이며 살자는 의미로 생각하고 불러주었더니 오히려 역정을 냈다. 자기의 더러운 성질을 동네방네 광고할 일 있느냐고. 나도 어릴 적에 별명이 있었다. 한 글자가 부족한 외자 이름을 채워주려고 친구들이 만들어준 것인데 그게 내게는 여간한 상처가 아니었다. 남보다 모자라니 그거라도 붙여서 같이하라는 의미였으니 말이다. 무심결에 한 말이나 행동일지라도 어떤 이에는 지울 수 없는 아픔이 될 수도 있음일지니. 동병상련이런가. 남의 일같이 보이지 않아서 슬며시 꽃잎을 쓰다듬어 본다.

묘하게도 불가에서는 이 꽃을 일러 '만다라화'라 부른다고 한다. 만다라화는 부처님이 설법할 때 법열의 표시로서 하늘에서 내리는 하얀 꽃이라는 뜻이다. 같은 꽃을 두고서 누구의 눈에는 악마로 보이고, 어떤 이의 눈에는 부처와 같이 보이는 모양이다. 이성계와 무학대사의 야담처럼 돼지 눈으로 보면 돼지로 보이는 법이라더니. 이 하얀 꽃 안에 악마와 천사가 한데 깃들어 있는 셈이니 녀석의 운명도 참 기구하구나 싶다.

사람에 의해, 제 본성과는 상관없이 멋대로 재단 당한 아픔을 보고 있다. 일부러 심어서 독성은 약으로 이용하고, 눈과 코 호강은 호강대로 실컷 하고 나서는 악마라고 불러 버린다. 어디까지가 천사이며 무엇이 악마일까.

4
빗살, 그리고 빛살

파리와 포리

파리라는 녀석이 자꾸 눈앞에서 아른거린다. 예전 같으면 당장 때려잡았을 텐데 이젠 '저도 생명인데' 라는 생각이 들어 잠시 귀찮은 정도는 참아주기로 한다.

내가 아는 한, 파리에는 두 부류가 있다. 파리와 포리다. 구별법이야 의외로 간단하다. 밥상 위에 앉았을 때 앞다리를 비비면 파리고 뒷다리를 비비면 포리다. 지역적으로 서울에 살면 파리요, 경상도에 살면 포리다. 또 깍쟁이처럼 매끈하면 대체로 파리고 겨묻은 개처럼 푸슬푸슬하면 포리라고 봐도 무방하다. 파리채에 걸리면 파리가 확실하고, 포리채에 맞아 죽으면 포리임을 의심할 필요가 없다. 포장지에는 분명히 파리약이라고 쓰여 있었는데 어머니는 날마다 포리약을 놓았다.

하루는 경상도 포리가 큰마음 먹고 평생소원이던 서울 구경을 나서게 되었다. 서울에 도착해서 보니 천지사방이 빌딩 숲이라 동서남북을 알 수 없을뿐더러, 다들 얼마나 바쁘게 오가는지 눈알이 팽팽 돌아갈 지경이었다. 아는 게 없을 때는 누군가를 따라 하는 게 제일 쉬운 방법이라. 기왕이면 가장 멋진 파리를 본받자는 생각으로 물어물어 최고의 금파리들이 모여 있다는 곳에 도착했다.

때마침 한 떼의 파리들이 모여 있는데 몹시도 시끄러웠다. 빛이 번쩍 터지고 찰칵찰칵 요란한 소리까지 정신없이 어지럽다. 호기심에 슬쩍 껴들어 보니 무슨 장파리 자녀가 논쟁의 소지가 있는 행위를 한 모양이었다. 이게 합법이니 불법이니 하고 몇 달째 입씨름하고 있단다. 보아하니 옳고 그름의 판단은 뒷전이고 서로 네 탓이라며 핏대만 높이고 있다. 아하, 지체가 높아질수록 나랏일은 별로 없고, 낯을 두껍게 하고 목소리를 키우는 게 최우선 과제인가 보다. 손가락으로 사슴을 가리키며 말이라고 우기면서도 오히려 억울한 표정이다. 그랬더니 "맞습니다"라고 바로 살살 앞다리를 비비는 저 관파리들 좀 보소. 이러니 그 자리를 지키려고 울고불고 기를 쓰는 게지. 알토란같은 내 돈을 앓겨서 받는 월봉만 해도 만만찮을 터인데.

허기를 달래려고 뒷골목 어느 식당으로 찾아 들었다. 뭐니 뭐니 해도 포리는 먹는 일이 제일 우선인 게지. 정신없이 먹다가 옆을 보니 웬걸, 앙숙인 줄 알았던 검파리와 기파리가 서로 히죽히죽 웃어가며 사이좋게 앉아 있는 게 아닌가. 내가 뭘 잘 못 보았나, 하고 눈을 비비고 다시 보아도 틀림없다. 뭐라 뭐라 귓속말로 속삭이더니 서로의 손이 잽싸게 테이블 밑으로 오간다. 설핏 눈이 마주친 노란 옷을 입은 맵시 고운 할머니가 나를 보고 한쪽 눈을 찡긋해 주었다. 설마 촌티 졸졸 흐르는 내게 관심이 있는 것은 아닐 테고 옳거니, 모른 척 눈감아 달라는 뜻인가 보다. 그 돈파리가 일어서서 내 곁을 지날 때 곁눈질로 슬쩍 보니 배는 남산만 하고 반지르르 개기름이 흐른다. 뭘 그리 감출 게 많은지 강렬하게 풍기는 향수 냄새에 청국장이 다 무색해질 지경이다. 이리 노골적으로 냄새를 피워대니 과연, 똥파리들이 들끓을밖에.

기왕 나선 나들잇길이라 이번에는 흙수저 출신이 모여 산다는 고시촌으로 와 보았다. 몸 하나 돌리기도 빠듯한 공간에 흙파리들이 칸칸이 틀어박혀 있는데, 벌집 안의 애벌레 신세와도 별반 다르지 않아 보인다. 밥은커녕 라면으로 삼시세끼를 때우는지 밥솥에는 먼지가 뽀얗고, 양은 냄비만 반질반질 닳고 닳아 구멍이 날 지경이다. 어둠이 슬슬 밀려오니 고만고만한 파리들이 삼삼오오 안주도 없이 소주잔을 놓고 앉는다. 취중 진담이라지 않았던가. 아르바이트거리를 찾아 헤매다 날개가 다 닳았다느니, 평생 뼈 빠지게 일해 봐야 내 집 한 채 가지기는 틀렸다고 한숨들이다. 서른도 훌쩍 넘어 보이는 어떤 실파리는 계좌에 씨가 말랐는데 고향에서는 아무 소식이 없다고 하소연이다. 에이그, 여기 이 마마파리들은 아직도 부모 등골 빼 먹으며 사는가 보다.

서울이 좋다지만 암만해도 내 집만 하겠는가. 열흘을 못 버티고 내려오고 말았다. 도로 돌포리가 된 것이다. 그래도 촌놈 서울 구경이 어디냐. 기념으로 동무들을 불러 모아 국밥 한 그릇씩 돌렸더니 다들 부러운 기색이 역력하다. 어험, 이 맛에 돈 들여가며 서울 갔다 온 것이 아니겠는가. 친구가 제 속내를 감추며 슬쩍 지나가는 말투로 묻는다. 서울은 어떻더냐고. 좋은 것이야 나 혼자 해야지 떠벌리면 희소가치가 떨어지는 법. "야, 너희들은 절대로 가지 마라. 차가 어찌나 밀리는지 교통지옥이고, 공기는 얼마나 탁한지 숨 한번 제대로 들이쉬기 힘들다." "나는 거저 주어도 못 살겠더라." 또, 구경은 많이 했느냐고 묻기에 눈을 내리깔고 조금 아는 척하며 도로 물었다. "너거들, 남대문 문턱이 무슨 나무로 되어 있는지는 아나." 서울이라고는 근처에도 못 가본 무지렁이 촌포리들이 남대문에 문지방이 있는지 없는지 그걸 알 턱이 있나. 그래서 선심 쓰는 척, 말 뒤끝을 살짝 올려 가며 가르쳐 주었다. "그게 바로 단단하기로는 천하제일이라는 박달나무여." 혹여 나중에 들통나더라도 봤는지 안 봤는지 기억이 안 난다는데 지들이 뭐랄 것이여.

하도 교통과 통신이 발달한 시대이다 보니 요즘은 딱히 '이게 파리요, 포리요' 하고 구별하기가 쉽지 않다. 손가락만 까딱하면 온

나라 파리와 포리들을 다 만날 수 있으니 정체불명의 교잡종이 우후죽순처럼 생겼다. 한마디로 파리도, 포리도 아닌 둘 다의 특질을 가진 어정잡이들이다. 이들의 공통적인 면은 제 이득 챙길 일이 있을 때는 앞다리를 비비고, 큰소리칠 일이 생기면 뒷다리를 슬슬 문지른다는 것이다. 제 놈들이 어디서 이런 못된 버릇을 들였겠는가. 다 누구에게서 보고 배운 게지.

하이고, 눈앞의 이 녀석도 책상 위에 버티고 앉아 점유권을 주장하며 뒷다리를 불이 나도록 비벼댄다. 방금 제 목숨이 내 포리채 끝에서 왔다 간 줄도 모르고.

4
빗살, 그리고 빛살

향기로 남기

전화번호를 검색하다 오래전에 이사 간 이웃의 이름을 발견하고는 쓴웃음을 머금는다. 한때는 사흘이 멀다고 어울렸건만, 멀어진 이후로는 종무소식이다.

내친김에 차근차근 전화기에 입력된 번호들을 되짚어 본다. 직장을 퇴직한 후 목소리로만 두어 번 소식이 오간 옛 동료의 이름이 보인다. 영업상의 이유로 잠깐 스친 사이도 있다. 번호만 입력해 놓고 그만인 중학교 동창 녀석의 별명도 그대로 남아있다. 서로의 뜻이 맞지 않아 다투고 헤어진 이의 이름자 위에서는 제법 오래도록 시선이 머문다. 무엇 때문이었을까. 오늘에 이르러서는 그 사연조차 가물가물하다. 세월이 약이라더니 끓어올랐던 분노도 팔죽 거품 내려앉듯 조용히 사그라졌다.

내 이름도 누군가의 전화번호부에서 남겨졌다가 사라질 것이다. 새겨질 때는 무슨 연유이고 지워질 때는 또한 어떤 까닭일까. 사연이야 하고많지 않겠는가. 살다 보면 친구도 만나고, 거래처도 만나고, 동호인도 만난다. 당장에야 친근한 사람이 되어 자주 볼 것처럼 살갑게 굴어도 막상 헤어지고 나면 언제 그랬냐는 듯 잊고 만다. 어찌 보면 자기 몰입적인 현대인의 당연한 일상일지도 모른다. 누군가와 함께하기보다는 눈앞의 일이 아니면 무관심해지려는 것이 요즘 사람들 속성 아니던가.

사용하지 않는 전화번호를 하나하나 지운다. 시간 되면 얼굴 한 번 보자던 사람, '밥 사 주마' 했던 이에게 결국 지키지 못한 약속을 내려놓는다. 월급을 많이 주지 못해 그만둔 옛 직원에 대한 미안함도 비운다. 기대와는 다른 결말에 끝끝내 서운했던 사람에 대한 마음마저 덜어낸다. 영원한 곳으로 가버린 초등학교 친구의 이름과 아직도 귓가에 맴도는 짜랑짜랑했던 문우의 목소리도 지운다. 한 번의 손놀림으로 깨끗이 사라져 버린다. 누군가의 이름 위에서는 망설임으로 손가락이 머뭇거리고, 또 누군가는 한 줌 미련 없이 거두어진다. 나에게로 이어진 인연의 사슬을 자른다는 것이 이렇게도 쉬운 일이었던가. 내가 남들의 기억에서 사라질 때, 아주 잠깐이나마 멈칫거리게 하는 작은 물음이라도 있었으면 좋으련만.

오래전에 돌아가신 어머니의 번호가 아직도 남아있다. '어머니'

라는 이름을 대하는 순간, 저미듯 밀려오는 아련한 체취에 목이 멘다. 가만히 마음으로 불러본다. 이제는 영원히 눌러볼 수도, 목소리를 들을 수도 없는 기록이다. 반으로 접힌 허리와 쭈글쭈글한 주름살 위에 얹힌 미소를 생각하다 결국, 지우지 못하고 그냥 넘긴다. 부질없는 미련인 줄은 알지만 한 번 사라지면 영원히 되돌릴 수 없기에 차마 지울 수가 없는 까닭이다.

전화기를 가만히 들여다보고 있노라니 내가 맺은 관계들로 가득 차 있다. 연락처는 물론이거니와 간단히 오가는 안부를 품은 문자도 수시로 드나들었다. 같이 모임 하는 사람의 공지문과 시시껄렁한 농담들, 인생 공부하라며 보내주는 장문의 영상은 다 읽지도 못할 지경이다. 지난여름 나들이를 같이한 친구는 아직도 활짝 웃는 얼굴이다. 생각이 스칠 때마다 두서없이 갈겨놓은 문구도 있고 심심풀이로 즐기는 놀이나 음악도 빼놓을 수 없다. 과거와 현재, 심지어 예측된 미래의 만남조차도 은근슬쩍 엿볼 수 있다. 내 생활의 대부분이 손바닥보다 작은 이 전화기 안에 들어있다고 해도 지나친 말은 아닐 듯하다.

편리함만을 좇다 보니 이기에 이끌려 다닌듯하여 입맛이 씁쓸하다. 전화번호는 없어도, 전화기의 화면에 나타나지 않아도 언제나 기억하는 이름이 있다. 김소월, 제정구, 고향 어귀의 느티나무, 왕눈이 아기 염소, 길섶의 제비꽃.

살아있음은 서로 간에 전화벨이 울리는 것이 아니라 자신만의 향기로 마음에 남는 것이거늘.

4
빗살, 그리고 빛살

제법 비싼 모니터

수필 한 편을 읽었다. 〈악마 의자〉라는 제목을 가진 흥미진진한 글이었다. 지친 몸을 풀어보려고 제법 비싼 '안마 의자'를 샀는데 결국 애물단지 '악마 의자'로 전락해 버렸다는 이야기다. 남의 일 같지 않아서 쓴웃음을 짓게 했다.

두어 달이나 되었을까. 출근하면 으레 컴퓨터부터 켜놓고 이것저것 다른 일을 처리한다. 그날도 전원을 넣어놓고 잠깐 커피를 즐기고 있는데 어디선가 타는 냄새가 나는 것이었다. 어리둥절하며 돌아보니 모니터에서 시꺼먼 연기가 치솟고 있었다. 서둘러 전원을 내렸지만 속은 이미 시꺼멓게 타버린 상태였다.

요즘의 업무라는 것이 컴퓨터가 없으면 바로 마비 상태가 되어

버린다. 하니 다른 생각을 해볼 겨를조차도 없이 전자제품 판매장으로 달려갈밖에. 모니터를 찾는다는 말에 직원의 친절한 설명이 시작되었다. 전문가가 아닌 나로서는 그 설명만으로 어떤 것이 좋은 것인지, 또 어느 제품이 내 컴퓨터와 조합이 잘 맞는 것인지를 잘 알 수 없었다. 그러니 설명을 귓등으로 흘리며 고개만 끄덕일 따름이었다.

내 시큰둥한 반응이 직원을 자극했는지 다른 판매대로 데리고 갔다. 조금 비싸지만 모니터뿐 아니라 텔레비전까지 겸해 다용도로 사용할 수 있다고 자신 있게 권한다. 갑자기 눈이 번뜩 뜨였다. 하나로 두 가지 기능을 할 수 있다니 이야말로 일거양득이 아닌가. 이거면 되었다 싶어서 얼른 사 들고 사무실로 돌아왔다.

컴퓨터와 모니터를 연결했다. 그런데 화질이 내가 생각하는 수준에 아무래도 미치지 못했다. 형편이 다급한지라 나중에 제대로 설치하면 되겠지 하고 우선 급한 일부터 처리하기로 했다. 바쁘다는 핑계로 재설치는 차일피일 미루어졌다. 근 이 주일이 지나고서야 겨우 손을 대 보았지만 여전히 모자란 듯해서 매장에 문의해보았다. 그랬더니 돌아오는 대답이 "그건 가전제품이라 컴퓨터에서는 그것밖에 안 돼요"라고 하는 것이 아닌가. 허, 이리 난감할 데가. 이미 한참이나 사용해버려 다시 무를 수도 없게 되어버렸으니.

어쩔 수 없이 전용 모니터를 다시 샀다. 가전제품이라 '제법 비싼 모니터'는 텔레비전으로 사용할 요량으로 집에 가져다 놓았다.

그런데 내가 텔레비전을 거의 시청하지 않는다는 것이 또 문제였다. 보지도 않는 텔레비전이 안방을 차지하고 앉아서 오갈 때마다 눈에 밟히니 없던 울화가 생겨날 지경이었다. 그 수필 속에서 악마 의자를 바라보는 작가의 심정 또한 아마 이와 별반 다르지 않았으리라.

살다 보면 잘못된 판단으로 인하여 겪지 않아도 될 곤란을 겪는 경우가 허다하다. 컴퓨터 모니터를 사러 갔다가 엉뚱하게 텔레비전을 사버린 이 황당한 사건은 단순한 판단 착오가 아니다. 안마의자를 구매하기 위하여 작가는 상당히 오랫동안 배우자를 설득하는 과정을 겪었다. 그런데도 몇 개월 사용해보지도 못하고 후회하게 된 것을 두고 오판의 결과라고 치부해버리기에는 뭔가 미진하지 않은가. 좌고우면했든 순간의 충동이었건 간에 구매할 때의 마음은 매우 흡족한 상태였다는 것은 엄연한 사실이다.

무엇이 좋지 않은 결과를 가져오는 선택을 하게 만들었을까. 그것은 '반드시 있어야 한다'는 심리적 강박 때문이 아니었을까. 꼭 있어야 한다는 초조가 사고의 폭을 극단적으로 좁혀버린 탓이리라. 마음이 급해지면 곁에서 해주는 좋은 이야기도 귀에 들어오지 않게 된다. 세상만사가 자신만의 생각 안에서 돌아가는 것으로 착각하게 되는 것이다. 여유의 부재가 만들어낸 어처구니없는 결과인 셈이다.

눈앞에서 알짱대는 텔레비전을 바라보며 그냥 내다 버리고 싶은 충동을 날마다 참고 있다. 아마 그 댁의 안마 의자 역시 이러지도 저러지도 못한 채 속만 끓이고 있으리라. 사려 깊지 못한, 즉흥적인 행위에 대한 대가를 톡톡히 치르고 있으니 누구를 원망하랴. 후회와 자책은 아무리 빨리해도 늦은 법이다. 비록 속이야 쓰라리지만 이 유쾌하지 못한 경험을 밑천 삼아 마음의 텃밭이나 가다듬어 볼밖에. '경험이야말로 가장 큰 스승'이라는 말도 있지 않은가.

4
빗살, 그리고 빛살

회색 지대

사무실에서 눈길이 닿는 건넛산 들머리에 작은 대밭이 있다. 일이 손에 잡히지 않거나 머리가 복잡할 때 가끔 이 대나무 아래를 찾고는 한다. 송죽 같은 절개를 우러러 서도 아니고, 파죽지세의 대단한 기운을 빌려 보려는 것도 아니다. 그저 힘든 세상살이에 지친 마음이나 좀 내려놓아 보자는 뜻이다.

대숲에 들면 너울 같은 바람 소리가 있다. 그 일렁임 안에는 유년의 추억 한 자락이 조각배처럼 떠다닌다. 일곱 살 터울 형이 댓가지를 가늘게 다듬어 연살을 만드는 날이면 나는 절로 울상이 된다. 조금 후에 따라올 구박이 뻔히 보이기 때문이다. 내 눈에는 의젓해 보이는 형이라지만 혼자서 방패연을 만든다는 것은 만만한 일이 아니다. 누군가의 도움을 받아야 하는 마당에 무보수 꼬맹이는 마음껏 부려도 부담 없는 조수가 아니었겠는가.

방패연은 이맛살과 대각의 큰 살 두 개, 세로로 세우는 기둥 살과 중간을 가로지르는 얇은 허리 살로 뼈대를 잡아 만든다. 연을 만드는 과정 중에서 살이 겹치는 한가운데 부분을 밖으로 살짝 옥이는 일이 제일 까다로운 부분이다. 조수인 나의 역할은 종지 위에 올려놓은 대각 연살의 꼬리 쪽 두 부분을 누르고 있는 것이다. 불에 구운 연살이 볼록하게 변형될 때까지 지긋이 붙들고 있어야 한다. 잠깐이라면 몰라도, 예닐곱 살 아이가 근 십여 분을 옴짝달싹도 하지 않고 집중하기에는 아무래도 무리였지 않았겠는가. 주변을 두리번거리다가 연살을 놓쳐서 기껏 휘어 놓았던 살이 뻗어버리기라도 하면 곧바로 꿀밤 세례가 쏟아졌다.

대나무는 예전 사람들의 일상에서 떼려야 뗄 수 없는 사이였다. 온갖 물건을 담을 수 있는 바구니와 알곡을 거르는 키도 대로 만들었다. 개구쟁이들은 대소쿠리를 풀 밑에다 대고 미꾸라지를 잡았고, 대로 만든 갈퀴로 땔감을 장만했다. 잠깐 숨을 돌리거나 쉼터로 사용했던 평상도 반쪽 댓줄기로 엮었고, 부챗살도 대쪽으로 만들었다. 객귀를 쫓는 푸닥거리도 댓가지로 했으며 저승으로 가는 노잣돈과 만장 또한 대나무 끝에 매달았다. 온전한 대나무로 만든 낚싯대 하나를 가지는 게 가장 큰 소원이었던 시절도 있었다. 그 고상하다는 선비들의 제일 친한 벗 중 하나도 대나무가 아니었던가.

이렇게 친근한 대나무지만, 시답잖은 일로 사람들의 입방아에 오르내리곤 한다. 바로 풀인지 나무인지의 정체성을 두고 오가는 말들이다. 나무와 풀의 일반적인 구별은 지상부 줄기가 겨울에도 살아있으면 나무, 완전히 죽어버리면 풀이라고 생각한다. 또 나무는 해마다 자라거나 굵어지지만, 풀은 줄기가 한 번 생장하고 나면 더는 변하지 않는다. 그렇다고 이런 인위적인 구분이 모든 식물에 해당되는 것은 아니다. 어찌 사람이 광대한 자연의 이치를 다 알겠는가. 대나무는 그 분별의 무의미를 직접적으로 보여 주기에 논쟁의 대상이 되었다.

대가 풀이라는 처지에서 보자면 한꺼번에 자란 줄기는 더는 굵어지지 않고 평생 그대로다. 더구나 꽃도 대부분의 푸새처럼 일생에 단 한 번 피운다. 대를 말 그대로 대나무라고 말하는 사람들은 겨울에도 땅 위 줄기가 죽지 않을뿐더러 몇 년을 살아가니 나무로 보아야 옳다고 한다. 완전한 풀도 아니고 온전한 나무 역시 아니니, 딱 부러지게 '이쪽이요' 하고 말할 수 없다는 데 그 원인이 있다. 그러니 따지기 좋아하는 사람들이 동물계의 박쥐처럼 '풀입네, 나무입네' 하면서 본질을 들먹이는 것이다.

대의 사전적 해석은 "줄기는 꼿꼿하고 속이 비었으며 두드러진 마디가 있다"이다. 구체적 성질이 아니라 형태로 다른 것과 구별할 수 있는 정도의 설명이다. 그런데 사람들은 자꾸 '대나무다운'

이라거나 '대쪽 같은' 과 같이 인위적 의미를 부여하려고 한다. 이 보통 이름에 관념이 개입되면 필연적으로 갈등과 차별이 동반된다. 획일적인 잣대를 들이대어 어떤 것이 더 본성에 가까운지를 따지게 되는 것이다. 약간 굽었거나 상처를 입은 대도 얼마든지 있다. 가느다랗게 생장한 것, 허리가 부러진 나무인들 왜 없겠는가. 여기에다 '대의 규범' 이라는 실재하지도 않은 추상적 기준을 만들어 끼워 맞추려 하기에 문제가 되는 것이다. 비뚤어진 나무라고 해서 대가 아닌 것은 아니지 않은가.

자기의 기준에 맞추려는 심리는 사람 사이에서도 예외가 아니다. 나와 너의 분별에 익숙한 사람들은 명확한 관념의 선을 그어놓는다. 나와 생각이 '같은 사람' 과 '틀린 사람' 으로 구별하여 관계를 맺는다. 내 편이냐, 네 편이냐고. 그러니 이 속에는 '다른 생각' 이 개입할 여지가 없어져 버리는 셈이다. 이도 저도 아닌 중도적 성향인 사람에게는 회색분자라는 이름을 붙여놓고 경원시한다. 주관 없이 이리저리 세류에 휩쓸려 다니는 사람에 쏟아지는 비난이라면 누가 뭐라 하겠는가. 문제는 뚜렷한 자기 확신을 가진 이가 내세우는, 이쪽도 저쪽도 아닌 자기만의 개성적인 주장을 인정하지 못하는 데 있다. 새로이 나타나는 제 삼의 지대로 인하여 자기 목소리가, 제 몫이 줄어들지 않을까 하여 두려운 탓이리라.

하기야 인간사에서 오가는 말들이 여기 있는 대나무에 무슨 소용이 있겠는가. 이들은 제 나름대로 속을 비워, 채워서는 가지지 못할 유연함을 얻었다. 나이 든다고 하여도 자신을 단단히 가다듬을 따름이지 더 솟구치지 않는다. 해마다 가지를 키워가며 다른 영역을 탐하지도 않는다. 그저 제 선 자리에서 이웃과 살을 비비며 살아간다. 대나무의 삶에 있어 '풀이다, 나무다' 라는 제 소속은 인간들의 놀음일 뿐이다. 운명이 다하는 날까지 오롯이 대라는 식물로 살아가려 전력을 다할 따름이지.

획일적이고 관념적인 표준보다는 자연스러운 개성과 다양성이 존중되는 사회에 대하여 생각해 본다. 본질이라는 명분에의 집착이 생기는 순간 도는 이미 도가 아니라고 하지 않았던가.

4
빗살, 그리고 빛살

천원의 꿈

볕바른 언덕 아래에 작지만 아담한 집이 완공되었다. 통유리로 된 창 앞에 서면 겨울 보리가 자라는 들판이 파르스름하게 펼쳐진다. 그 너머로는 호수처럼 잔잔한 바다에서 반짝이는 은빛 윤슬이 신비롭다.

거실은 부러 널찍하게 두었다. 혹여 나를 찾아오는 문우들과 차 한 잔을 나눌지라도 느긋한 마음이기를 바라면서 말이다. 세간이라야 별것 없으니 오히려 허전할 지경이다. 기다란 다탁 위에 놓인 찻잔이 거실의 가장 빛나는 장식품이다. 사실, 평생 소망해 온 것은 나만의 공간이었다. 홀로 앉아 《종의 기원》에 정신을 놓고, '현지우현'을 명상해 보고 싶은 것이 오랜 꿈이었다. 그 꿈을 위하여 다락을 올리고 나지막한 별궁을 만들었다. 이제 이곳에서 알프스의 소녀 '하이디'를 생각하다가 반짝이는 별을 머리에 이고 단잠에 빠질 수도 있으리라.

담장 대신 사방을 둘러 매화나무를 심었다. 이른 봄이면 암향에 취하는 신선경이 될 것이고, 익어가는 시큼한 매실로 술을 담글 것이다. 녹음이 짙어지면 숲속의 낙원이 될 것이며, 낙엽이 서러운 가을에는 기러기가 부르는 애가를 밤새워 들어보리라. 더하여, 배고픈 텃새들을 위하여 감나무 몇 그루도 두어야겠다. 마당 앞의 작은 텃밭 역시 빼놓을 수 없는 일이다. 너무 길지 않게 서너 이랑을 만들었다. 푸성귀 정도나 가꾸면서 흙을 만지는 기쁨도 같이 느껴볼 요량이다. 점심 한 끼야 풋고추 두엇과 된장 한 종지면 넉넉할 테고, 쌈 채소 씻어다가 밥상에 얹으면 더욱 좋으리. 휘영청 달이 밝은 날, 막걸릿잔을 채워놓고 귀뚜라미 장단에 맞추어 시 한가락을 읊어주는 친구라도 같이 한다면 도원이 별것이겠는가.

하루하루를 전쟁처럼 살아가는 내 처지를 아는 사람이라면 웬 잠꼬대 같은 소리냐고 하겠지만, 영 근거 없는 이야기도 아니다. 새해를 맞아 거래처에서 보낸 연하장 속에는 특별한 선물이 들어 있었다. 이십 년씩이나 다달이 연금을 받을 수 있는 천 원짜리 복권 한 장이 임자를 기다리고 있는 것이 아닌가. 당첨만 된다면야, 나로서는 상상도 할 수 없는 거금인지라 까짓 전원주택이 무슨 대수이겠는가. 사돈의 팔촌에, 온 지인들까지 다 먹여 살리는 행복한 상상에 빠져 보았다. 보내는 사람의 재치가 묻어있어 슬며시 입꼬리에 미소를 머금게 한다.

몇 해 전, 지역 동창 모임의 회장을 맡은 친구도 이런 친구였다. 모임이 있는 날이면 으레 복권을 두둑하게 사 와서는 마주 잡는 손, 일일이 쥐여 주고는 했다. 만에 하나 시비가 일어나는 불행한 사태(?)에 대비하여 "당첨되면 다 너 가져라"는 넉넉한 말까지 덧붙여 가면서 말이다. 주는 사람이나 받는 사람, 모두 웃을 수밖에 없는 그 친구만의 매력이었다. 친구의 자리를 내가 이어받았지만 사실 나는 애당초 그런 선물을 할 생각조차 하지 않는다. 혹시라도 내가 그렇게 하게 된다면 "친구야, 반반이다"라고 뒤끝 있는 말을 덧붙이지나 않을까 싶다. 소소하고 작지만 이렇게 오가는 정이 사람과 사람의 관계를 부드럽게 하고 친밀감을 가지게 한다는 것은 마음으로 새겨볼 일이다. 그런 의미에서라면 복권을 동봉한 회사의 직원이나 친구는 성공적인 인간관계를 유지하는 멋진 인생을 사는 셈이다.

연초에 문우들과 함께 문학기행을 다녀왔다. 아름다운 해넘이를 마지막으로 보고 돌아오는 길, 어느 휴게소에는 추위에도 아랑곳없이 사람들이 기다랗게 늘어서 있다. 이곳을 지날 때마다 보이는 눈에 익은 풍경이다. 여기에서 판매한 복권이 일등에 여러 번 당첨되었다고 해서 이 난리들이다. 동짓달의 추위와 매몰찬 바람도 사람들의 희망 앞에서는 아무런 장애가 되지 못하는가 보다. 잠깐의 고생으로 상상한 것 이상의 호사를 누릴 수 있다면, 나라도 충분히 이 정도는 감내하지 싶다. 꼬리를 물고 줄을 이은 사람들도 안다. '꿈은 꿈일 뿐'이라는 것을. 그런들 어떤가. 내일이 없는 절망보다 허황하나마 희망이 있을 때가 좋은 것이다. 꿈을 품는 순간은 언제나 행복한 것 아니었던가.

복권을 바라보는 세간의 시선이 그리 곱지만은 않은 것도 사실이다. 노력하지 않고 쉽게 얻으려는 얄팍한 심사가 얄미운 탓이리라. 너나없이 마음으로는 그렇게 생각하지만, 복권의 판매량은 여전히 일정 수위를 유지한다고 한다. 그것은 꼭 당첨되어 일확천금하겠다는 뜻보다도, 오히려 잠깐이나마 즐거운 상상을 할 수 있다는 재미 때문이 아닐까. 고래 등 같은 집을 원하건, 수천 마지기의 농장을 원하건, 마음으로 누려보는 호사도 제법 쏠쏠한 맛이지 않은가. 그러다가도 "그러면 그렇지"라는 자조 섞인 말 한마디로 털어버리면 그만일 것이고.

내가 지은 하얀 집에 살 수 있는 유효 기간이 아직 이틀이나 남았다. 오늘은 텃밭에서 미리 심어둔 시금치나 조금 캐어 볼까 한다. 얼었다가 녹았다가, 갯바람을 머금은 시금치에는 단맛이 제대로 들었을 것이다. 참기름에 무치고 깨소금을 얹어서 안줏거리라도 만들어야겠다. 매실주 한 잔 따라 놓고, 코끝을 간질이는 알싸한 향으로 태상노군이라도 청해볼까 한다.

'찌르릉' 전화벨이 울린다. "강 사장, 지난달 자재비 빨리 결제 안 해 줄 거요."

제기랄.

4

빗살, 그리고 빛살

코로노믹스

인류가 공포에 떨고 있다. 전 세계가 문을 꼭꼭 걸어 잠그고 바이러스의 눈치만 보고 있다. 무서울 게 없을 것처럼 떠들어대던 인간들이 자진해서 마스크로 입을 막았다. 눈에 보이지도, 생명체도 아닌 그저 세포에 기생하는 코로나바이러스라고 하는 단백질 덩어리 하나 때문에.

많은 사람이 말하기를 '이후로는 세상이 달라질 것'이라고 한다. 영원한 진리처럼 여겨지던 "인간은 사회적 동물이다"라는 말도 이제 한계에 도달한 것처럼 여겨진다. 사람과 사람 사이에 물리적 거리가 생기고, 마주 보며 웃던 얼굴들이 묵시적 합의 아래 서로 외면하는 사이로 변했다. 이른바 비대면과 비접촉이 하나의 흐름으로 자리 잡아 간다는 뜻이다. 예전 같으면 불가능했을 것으로 여겨지는 이러한 추세는 정보통신이라는 매개체가 있기에 가능하다. 생산도, 공급도, 생활도 집단적 사회성이 그다지 필요하지 않은 세상이 된 것이다. 심지어 빅데이터를 활용하여 사람의 생각과 심리까지도 유추하고 표현하는 시대가 되었다.

얼마 전까지만 해도 지구환경을 걱정하며 '비거노믹스 viganomics'로의 전환을 이야기했다. 소나 돼지, 닭 등 가축 사육이 환경에 미치는 영향이 막대하기 때문이었다. 비거노믹스는 이른바 '닭 없는 계란과 죽음 없는 고기'를 내세우는 채식주의 경제다. 채식 위주의 식단과 식물성 재료로 고기의 향과 맛을 재현해 동물성 먹거리를 대체하고자 한다. 좋은 의도임에도 육질에 길든 사람들의 입맛은 쉬이 바뀌지 않아 큰 흐름으로 자리 잡지 못하고 있다. 다만 일부 채식주의자들의 전유물처럼 인식되고 있을 뿐이다. 그런데 전 세계에서 대유행을 일으킨 바이러스 때문에 채식주의 경제를 넘어 코로나 이후의 새로운 경제인 코로노믹스 시대로 훌쩍 건너뛰어야 할 처지에 놓여 버렸다.

현대사회에서 환경파괴의 가장 큰 주범은 광물 에너지라고 해도 과언이 아니다. 첨단 문명을 가능하게 하는 동력원인 전기와 생활필수품인 화학제품은 대부분 석유나 석탄으로부터 나오기 때문이다. 이들을 이용해서 사람살이가 편리해진 만큼 지구는 시들어 간다. 성경에는 세상이 종말에 이르면 '불의 심판'이 있을 것이라는 말이 있다고 한다. 화석연료로 인해 지구가 점점 뜨거워져 산악은 물론 극지방의 빙하가 녹아내리고 있다. 온난화라는 재앙이야말로 그 심판의 징후가 아닐까 하고 생각해 본다. 환란의 조짐은 시계의 초침처럼 째깍째깍 다가오지만, 막상 나타날 때는 고드름이 녹을 때처럼 순식간에 떨어져 내리기에 그 시기를 예측할 수 없다. 예전에 없던 질병이나 자연재해, 오늘 이 사달을 일으킨 주범인 바이러스 또한 그 전조일지도 모른다.

사람들은 코로나 이후가 더 걱정이라고 말한다. 바이러스는 더 악랄하게 진화할 것이고 전파는 더 급속도로 이루어질 것이라고 걱정한다. 백신도 치료제도 일시적일 것이고 심지어는 인류의 종말을 이야기하는 사람도 있다. 코로나바이러스의 해악에 놀라 생각이 더욱 부정적인 쪽으로 기울어진 듯하다. 한편 바꾸어 생각해 보면 사람들의 마음을 더 멀리, 더 심각하게 보도록 하는 긍정적인 면도 있지 싶다. 너도나도 '이래서는 안 된다'고 하는 경각심을 일깨우게 되었으니 말이다.

미래의 경제는 인공태양을 동력원으로, 전자정보를 통한 1차 생산과 분배, 입체 프린트가 토해내는 2차 생산과 소비가 어우러진 동시 경제가 될 것이다. 오염 덩어리인 화력발전소나 핵발전소 따위는 없다. 대신 영원히 지지 않는 태양, 핵융합 발전으로 무공해 청정에너지로 대체될 것이다. 무인화된 시설에서 무공해로 재배되는 콩이나 녹두 등 식물성 재료는 주문, 공급, 가공까지 자동으로 진행되니 농사 걱정을 할 필요도 없다. 밥은 지어서 먹는 것이 아니라 프린트해서 먹는다. 소고기가 먹고 싶으면 쇠고기 맛을 선택하면 된다. 삼겹살도 통닭도 단추 하나로 해결한다. 도넛 형태로 먹고 싶으면 도톰하게, 빈대떡 모양을 즐기고 싶은 사람은 납작하게 출력하면 된다. 빨래도 필요 없고 냉장고도 필요 없다. 입던 옷이 싫증나면 강아지 먹이에 섞어버리면 그만이다. 집 색깔이 마음에 들지 않으면 만족할 때까지 부수고 다시 프린트하면 된다. 인간이 인지하지 못하는 미묘한 색감과 미감을 기기는 알고 있기 때문이다. 차게 먹고 싶으면 차게, 뜨거운 맛이건 매콤달콤한 맛이건 각자의 입맛대로다. 그것도 오염이라고는 없는 식물성 재료와 청정에너지만으로.

코로노믹스coronomics의 수혜자는 인간이지만 가장 큰 피해자가 될 수도 있다. 모든 것이 자동화된 시스템으로 이루어지니 사람이 개입할 여지가 거의 없어진다. 심지어는 소설도, 시도, 연극도 사람보다 더 사람 같은 인조인간이 다 해치워버리기 때문이다. 놀이도 대화도 가상인간과 한다. 미래의 계획도 발전 방향도 방대한 데이터를 가진 컴퓨터의 몫이다. 육체적 편안함을 보장받은 인류의 미래는 어떠할까. 권태를 즐기는 경지에 이를까. 아니면 무료로 인한 정신 착란으로 소멸의 길을 갈까.

핵융합 발전소가 만들어지고 있으며 채식주의는 이미 진행 중이다. 한 사회를 지탱하는 정신적인 사조는 시대에 따라 변화와 발전을 거듭한다. 코로노믹스라는 새로운 환경에서 인류에게 가장 절실한 것은 무엇일까. 그것은 경제도 노동도 아닌, 인간의 정신줄을 붙잡아놓을 한 가닥의 새로운 인문이 아닐까 한다.

4
빗살, 그리고 빛살

데이지를 위한 기도

우편함에 놓인 봉투를 꺼내 보고서는 잠시 어리둥절했다. 책이었다. 글 쓰는 이가 책 한 권 받는 것이 뭐가 그리 대수일까만 발송인으로 적힌 그는 내게 책을 보낼만한 형편이 아님을 알기 때문이다.

그와 나는 제법 오랜 편지 친구다. 말이 쉬워 친구지 내가 알고 있는 것은 사서함과 이름, 그를 지칭하는 번호가 전부다. 편지로 안부를 묻고 가끔 도서를 보내주기는 해도 신상까지 시시콜콜 묻지 않는다. 편지 첫머리에 등장하는 계절 인사로 현재 상황을 이해하고 자잘한 소식으로 건강 상태나 심리를 아는 정도다. 그는 속박된 몸이지만 나름대로 다양한 활동을 한다. 후배들에게 컴퓨터 활용법을 가르친다거나 영어 선생을 대신하기도 한다.

나와의 인연은 당연히 문학이다. 내가 속한 문학회에서 발행한 동인지를 보고 보내온 편지가 인연의 시작이었다. 컴퓨터가 일상화된 요즈음, 또박또박 새기듯 쓴 손 편지가 무척 인상적이었다. 하루에도 몇 번씩 죽고 싶을 정도의 절망에서 그를 일으켜 세운 것이 문학이라고 했다. 책을 통하여 위안을 얻고 글을 쓰면서 마음을 가다듬는다고 한다. 그가 가끔 보내오는 글은 언제나 희망으로 채색되어 있다. 문학을 향한 변함없는 마음은 처음부터 끝까지 흐트러지지 않는 글씨만 보아도 알 수가 있다.

서둘러 책을 펼쳤다. 아니나 다를까 책 속에는 가지런히 접힌 편지가 같이 들어 있다. 그리 길지 않은 글에는 평소와 다르게 약간의 쑥스러움이 묻어 있다. 문학지에 응모한 시가 신인상으로 당선되었다는 반가운 소식을 전하면서 내비치는 겸손이다. 얼마나 마음이 설레었을까. 오랫동안 바랐던 일이기도 하거니와 열악한 여건을 극복하고 거둔 결실이라 더욱 뿌듯했으리라. 새로운 세상에 첫발을 내딛는 그의 기쁜 마음이 손끝으로 아련히 전해져 온다.

책에 실려 있는 등단 작품을 읽는다. 간결하면서도 절제된 글이지만, 작품 속에는 그의 아픔이 핏물처럼 진득하게 녹아 있다. 격리된 육신이 바깥세상을 향해 펼치는 날갯짓이기에 더욱 애달프다. '엉금엉금 기어서라도 언젠가는 너에게 가고 싶다' 는 자유를 향한 열망 앞에서 찌르르 코끝이 아려온다. 어머니를 따라나서던 유년의 가을 장날조차 시나브로 흐릿해져 간다. 그래서 나뭇잎으로 만든 그리움에 사무친 연서를 보낸다. 주소도 없는 허공으로. 그는 또 초탈한 구도자가 된다. 낙엽을 떨어뜨리는 가을 나무처럼 마음에서 모든 것을 비워내려는 몸부림은 차라리 처절하기조차 하다,

함께 신인상을 받은 사람들의 설렘으로 가득한 당선 소감이 풋풋하다. 당찬 각오와 감사의 인사를 읽으며 절로 고개를 끄덕인다. 나란히 실린 얼굴 사진에도 웃음꽃이 함빡 피었다. 내가 찾는 이름 앞에 이르러서는 몇 번이고 다시 살핀다. 누구보다 활짝 웃고 있어야 할 주인공의 얼굴이 보이지 않아서다. 그를 위해 마련된 사진 자리에는 하얀 꽃 데이지 한 송이가 대신하고 있다. 얼마든지 자랑스러워하고 얼마든지 당당해도 될 자리에 얼굴조차 올리지 못했다. 아마 그의 뜻이었으리라. 가슴에 먹먹한 돌덩이가 내려앉는 듯하여 눈을 감아버린다. 오늘따라 장맛비는 왜 이다지도 하염없는지.

그의 편지에는 늘 격려와 염려하는 마음이 담겨 있다. 그래서 나는 참으로 따뜻한 사람이라는 생각만 하고 있었지 그가 처한 특수한 환경을 별다르게 깊이 생각해 보지 않았다. 그래서 미안하다. 그는 현실에 대한 불만을 늘어놓기보다는 어머니를 걱정하고, 타인의 상황을 배려하는 사람이다. 하나를 보면 열을 안다고 하지

않았던가. 편지로 전해지는 그의 심성은 조금이라도 더 배우고자 하는 지적 호기심과 열정으로 가득 차 있을 뿐이다. 희망과 용기와 격려는 타인으로부터 받는 것이 아니라 자신의 의지로 만들어 가는 것임을 그는 몸으로 말한다.

그의 미소를 대신하고 있는 꽃의 의미를 생각해 본다. 데이지의 꽃말은 희망과 평화라고 한다. 세상사는 돌고 돌아 변화하는 속에 조화가 있다고 했다. 그의 처지도 언젠가는 달라질 것임을 안다. 이 꽃 한 송이가 순리의 그날까지 꺼지지 않는 희망의 불빛으로 남아있기를 소망한다. 채 못다 피우고 사그라진 젊은 꿈이 문학을 통하여 꽃봉오리 열리듯 활짝 피어나기를 기도한다. 데이지로 대신한 그의 얼굴 사진을 보면서.

4
빗살, 그리고 빛살

향수

사무실 근처에는 오래된 나무들이 자그마한 숲을 이루고 있는 쉼터가 있다. 은행 일을 보고 오다가 그 나무 아래에서 한참을 머물다 왔다. 아직 본격적인 봄날이 채 시작되지도 않았는데 쉼터는 붐비고 있었다. 자투리에 놓인 운동기구를 이용해 몸을 푸는 사람이 있는가 하면, 장기나 바둑판을 마주하고 선선 놀음을 즐기는 어르신도 계셨다. 그 모습이 너무나 익숙하고 그리운 풍경이었다.

사실 내가 쉼터에 그리 오랫동안 머문 이유는 따로 있었다. 줄기 여기저기에 지난 세월의 이야기보따리를 꿰어 울퉁불퉁 옹두라지로 매달고 있는 느티나무 때문이었다. 느티나무는 내 유년의 나무다. 추억의 뿌리가 되는 나무라고 해도 지나친 말이 아니다. 나는 집성촌에서 자랐다. 삼백여 년의 역사를 가진 마을 어귀에는 커다란 정자나무 한 그루가 수호신처럼 자리 잡고 있었다. 어릴 때는 으레 동네마다 있는 나무이겠거니 하고 예사로 생각했다. 나중에 식물을 공부하면서 수많은 노거수를 보았지만 그 정도로 둥치가 크고 수형이 좋은 나무는 거의 만나지 못했다. 우람하면서도 균형이 잘 잡힌 아름다운 나무였다. 선조께서 심었다고 문헌으로도 전해져 오기에 타성바지에 내세우는 일족들의 얼굴이기도 했었다.

열 아름 정도의 나무를 중심으로 무릎 높이만큼 둥그렇게 축대를 쌓고 그 위에 편평한 돌을 얹었다. 축대와 나무 둥치 사이에는 자잘한 자갈을 깔았는데 밟을 때마다 들리는 자그락거림이 몽돌 해변의 바닷소리처럼 듣기 좋았다. 색이 묻어나는 돌로 널찍한 돌판 위에다 장기판이며 고누판을 그렸다. 나무에서 떨어진 비지껍질이나 잔돌을 주워 고누의 말로 삼았다. 학교 가기 전에 삼삼오오 모이는 곳도, 술래잡기 놀이를 시작하는 곳도 느티나무 아래에서였다. 이웃 마을로 밤마실 가기 전에도, 장터에서 돌아와 무거운 짐을 내려놓고 한숨을 돌리는 곳도 거기였다. 한여름 철 뙤약볕을 피하거나, 소낙비를 만나 황급히 찾아드는 대피소 역할도 겸했다. 객지에 나간 누구네 자식이 왔다 갔다는 둥, 어젯밤 옆집 닭장에 살쾡이가 들었다는 등의 새 소식이 오가는 방송국의 소임도 있었으며, 마을의 경조사를 의논하거나 부역을 조율하는 소통 장소로도 이용되었다. 명절이면 금줄을 치고 치성을 드렸고, 오가며 비손을 하는 신성한 곳이기도 했다.

도회의 느티나무를 바라보다 울컥 설움이 치밀어 올랐다. 시내의 둥구나무 아래는 이토록 붐비는데 추억을 품은 고향의 정자나무는 오가는 이조차 만나기 힘들게 되었기 때문이다. 왁자지껄하던 아이들은 모두 객지로 떠나버리고 올망졸망하던 옛집들은 하나 둘 허물어져만 간다. 나뭇짐을 산더미만큼 지고 산길을 날아다니던 아재는 선영에 누웠으며, 가마 타고 시집오던 일가 형수님의 허리는 활처럼 휘었다. 오늘 이 공원의 느티나무에 등 기대고 막걸리 한잔 곁들이는 어르신들을 보니 옛 정자나무가 절로 떠오른다. '고향', 그 이름만으로도 그리움이 샘솟는 곳. 그 들음만으로도 향수가 솟구치는 곳. 왜, 그런 게 있지 않은가. 고샅길, 보리밭, 송아지, 앵두나무 이런 것들은 들먹이는 것만으로도 무엇인가 복받쳐 오르는.

이런 추억을 가진 이가 어디 나뿐이겠는가. 진즉에 고향을 떠난 가형께서 어머니 산소에 갔다가 겸사로 들른 고향의 느티나무 아래서 한숨처럼 내뱉던 시구가 앙금처럼 가슴에 남았다.

臨失名樹	임실명수
鄕巨樹稱水石亭	향거수칭수석정

秀姿莊氣無雙他	수자장기무쌍타
憂懷說療祥瑞木	우회세료상서목
人貪別號姜亭子	인탐별호강정자

賢祖植槐謨和寧	현조식괴모화녕
無窮奉志讚當然	무궁봉지찬당연
爲則登口過則憶	위즉등구과즉억
無心孫滋失名廬	무심손자실명려

이름 잃을 나무

향리의 노거수를 수석정이라 일컫는데

맵시나 장엄한 기세 견줄 것이 달리 없고

마음병도 달래 고치는 상서로운 나무라며

남들은 이를 탐내 강정자라 하더이다.

현조께서 느티나무 심어 화목편안 꾀하신바

무궁토록 뜻 받들어 마땅히 기릴 터에

한다는 게 입에나 담고 기껏해야 추억뿐인

무심한 후손 늘면서 이름 잃지 싶구나.

조만간 이름마저 잃고 말 것 같은 나무의 현실이 무척이나 애석

했던 모양이다. 얼마 후에 또 시조 한 수를 건네주면서 자조 섞인 어조로 "이런다고 뭐 달라질 거야 있겠냐만…"하고 얼버무렸다. 내친김이니 두어 연만 옮겨 본다.

굵은 가지 건너뛰던 아이들 다 보내고/ 장醬맛까지 비손하던 할머니들 죄다 잃고/ 오뉴월 뙤약볕인데 그늘 짓기 무색한 듯

허풍만 디밀어도 허물 감쌀 신목이여/ 세류에 부대끼며 옹두리에 고름 차도/ 이 마을 얼굴인 채로 느물느물 오래소서//

수우당 수필선 002
창, 나의 만다라

2021년 6월 16일 초판 인쇄

지은이 | 강 천
펴낸이 | 서정모
펴낸곳 | 도서출판 수우당
주 소 | 51516 창원시 성산구 외동반림로 126번길 50
전 화 | 055-263-7365
팩 스 | 055-283-8365
이메일 | dlp1482@hanmail.net
출판등록 | 제567-2018-7호(2018.2.12)

ISBN 979-11-972259-4-9-03810

값 13,000원

* 이 도서는 2020년 아르코문학창작기금 지원사업에 선정되어 발간된 작품입니다
* 잘못된 책은 바꾸어 드립니다.